AF140132

Klostermond

Eine kleine Gruselgeschichte von Carl R. Wolff

Lektorat: Carl R. Wolff
Satz: Carl R. Wolff
Umschlaggestaltung: Carl R. Wolff
Grafiken und Titelbild: Carl R. Wolff
Kontakt: carlrwolff@t-online.de
Herstellung und Verlag:
BoD- Books on Demand, Norderstedt

9 783735 750679

3

FSC
www.fsc.org

MIX

Papier aus ver-
antwortungsvollen
Quellen

Paper from
responsible sources

FSC® C105338

Mir wurde gesagt, ich besäße eine ausgeprägte Fantasie. Zusammen mit meiner beruflichen Qualifikation würde ich ausgezeichnet in ihr Team passen.

Keine zwei Wochen später saß ich in meinem Büro dieser eiligst neu geschaffenen Behörde, acht Stockwerke tief unter einem Frankfurter Hochhaus. Streng geheim? Selbstverständlich.

Eine Organisation die nicht weiter im Rampenlicht stehen mochte, bezahlte den überwiegenden Teil der Rechnungen. Mehr wurde uns nicht verraten.

Nur meine engsten Mitarbeiter und ich wurden in den tatsächlichen Tätigkeits- und Aufgabenbereich dieser Sonderkommission eingeweiht.

Das Paranormale.

Wir arbeiteten eng mit weltlichen Kirchenvertretern zusammen. Doch nicht nur die christliche, nein… alle bekannten Weltreligionen wurden von uns überwacht. Jedenfalls versuchten wir es. Jedem noch so kleinen Hinweis auf Aktivitäten jenseits der Vorstellungskraft gingen wir akribisch nach. So viele Bücher gelesen, mehr oder weniger spannende Filme gesehen. Das es da doch etwas geben könnte? Vielleicht. Aber die brutale Realität? Niemals. Anfangs belächelten wir uns sogar selbst, sortierten Hinweise und es schlich sich so etwas wie Langeweile in unser Alltagsgeschäft.

Doch das sollte sich schlagartig ändern und das Lachen verging uns schneller als wir dachten…

*D*arf die Sonne lachen? Darf das Schicksal hassen? Darf der Nachtmond traurig sein?

Warmer Herbstwind umschmeichelte sanft die Kronen der alten knorrigen Bäume des verwunschenen Waldes. Kleine Wellen jagten sich in einem endlos verspielten Reigen über das Wasser und verloren sich am moorigen Ufer der kleinen, karg bewachsenen Insel im Klostersee.

Verträumte Dunkelheit, funkelndes Sternenlicht lauschten der raschelnden Sinfonie des langsam sterbenden Herbstlaubes. Die endlos strömende Zeit, verbrannte Gedanken, Hoffnung und Liebe. Generationen kamen und gingen. Alles veränderte sich, nur nicht dieser magische Ort. Hier spielte Zeit keine Rolle, sie gefror im Nebelhauch der Beständigkeit.

Der zwölfte Schlag... längst verhallt, die Turmuhr begrüßte die einsame Nacht.

Berauscht vom Licht... voller Sehnsucht, blickte die weiß verschleierte Frau zum runden Mond hinauf und lauschte den vertrauten, so geliebten Geräuschen...

Ein Wispern, leises Kichern, ein Singsang schälte sich aus dem grauen Nebelvorhang. *„dem Leben entrissen, im Tode vereint, auf ewig zusammen und niemals entzweit..."*

>>Singt, meine lieben Kinder, hört nicht auf... singt doch weiter, nur für mich allein...<< leise, beinahe andächtig verließen die Worte den bleichen Totenschädel...

XXX

*D*ie Geburt... das Leben... der Tod...

Unumstößliche Gesetzmäßigkeiten für jeden Menschen.

Gut und Böse.

Definiere Gut und definiere Böse.

Sollte ein Mensch nicht manches Mal etwas böse sein um sich als **„guter"** Mensch Geltung zu verschaffen?
Gut und Böse waren Auslegungssache. Die Hexenverfolgung der Katholischen Kirche zum Beispiel. Die einen sagten gut... weil so das Böse bekämpft werden sollte. Die anderen sagten böse, es starben so vielen unschuldige Frauen und Männer in dieser dunklen Zeit und verachteten das bestialische Gemetzel und ihre Auftraggeber, die Kirche...

Die Religionen besaßen das Geld und Geld war Macht. So wurde die Hexenverfolgung und Teufelsaustreibung als etwas gutes verkauft, nach dem üblichen Motto, wir beschützen euch doch und vertreiben nur das Übel von dieser Welt, von Kollateralschäden einmal abgesehen...

Auf diese Weise wurde weiteres Geld in die schweren Eichentruhen der himmlischen Herrscher auf Erden gespült, auch wenn die „ein" oder „andere" Frau als Hexe oder der Mann als Hexer, dran „glauben" musste.

In jeder vergangenen Zeitepoche der noch jungen Menschheitsgeschichte gab es grausame Zeiten die sich über Jahrzehnte hinwegzogen.

So gab es seit beginn der Zeitenrechnung düstere Herrscher die sich einen Dreck um das Wohlergehen ihres Volkes kümmerten.

Der stärkere dominiert den schwächeren, ein Naturgesetz also?

Doch jedem dieser selbsternannten „Herrscher" widerfuhr letztendlich das gleiche Schicksal wie das seines Volkes was er quälte... er starb.

Unterdrückung, Sklaverei, Folter und Terror hinterließen Spuren, sichtbare Spuren. Menschen der gequälten, der drangsalierten, Hinterbliebene der getöteten trafen sich, bildeten Geheimbünde und beschworen Mächte um ihnen in ihrer Not beizustehen.

So entstanden schwarze Rieten, Orte der Zusammenkunft wilder Rachegedanken und erste zaghafte Religionen...

Religionen versuchten unerklärbare Phänomene erklärbarer zu gestalten, Himmelserscheinungen, die Sonne, der Mond, die Sterne oder die singenden Dünen des Death Valley zum Beispiel.

Dunkle Schwüre, Singsang um Tote zum Leben zu erwecken, den einst so geliebten Menschen zurück zu bekommen.

Magische Formeln überdauerten die Jahrtausende, so viele unruhige Seelen wanderten auf Erden, begleiteten den lebenden Menschen als Spiegelbild in seinem Streben nach perfekter Vollendung.

Dann erfolgte die Absolute Katastrophe.

Millionen Menschen wurden in zwei Weltkriegen geopfert, sie wurden zum Spielball der Macht, Politik und einer erbärmlichen Langeweile der herrschenden Oberklasse.

Stirb als Held für dein Land und du bist für fünfzehn Minuten Ruhm ein guter Mensch. Die Soldaten gingen dahin, gaben ihr junges unvollendetes Leben für die Ehre, Mut und Tapferkeit... was für eine antiquierte verpestete Weltanschauung.
Die ewigen Hallen der viel zu früh gestorbenen, der in grausamer Verzweiflung umgekommenen, sie füllten sich und sprengte letztendlich Raum und Zeit. Es entstanden Lücken, Risse in der Unendlichkeit und fremde Geistergestalten betraten die Welt der Lebenden um **die** Rache zu nehmen, die ihnen bislang verwehrt blieb.

Geburt... Leben... und der Tot. Genau wie diese drei Tatsachen, so gab es auch die Seite des Bösen.
Das Böse gehörte zu uns, war Bestandteil des Lebens, nur mochten wir uns das nicht eingestehen.

Wesen, Gestalten wandelten unter uns, die unser Leben
verändern, unser Tun und Streben bestimmen werden.

So auch diese Geschichte die ich ihnen nun erzählen
möchte. Es ist eine wahre, fantasievolle Geschichte,
erfüllt von süßer erfüllter Liebe, schwarzer Trauer und
weltumspannendem Schmerz.

Es begann dabei wie immer...

einfach so unglaublich friedlich...

XXX

*M*ein Gemütszustand befand sich am Gefrierpunkt, so oder ähnlich erging es auch der Nadel meiner Tankanzeige, die unablässig Richtung Null tendierte. Ein kurzer Boxenstopp an der nächsten Autobahn-Raststätte ließ sich also nicht mehr lang umgehen.

Schon sehr weit fortgeschritten dieser herrliche Nachmittag, die Sonne verabschiedete unaufhaltsam den Tag. Der kurze, flinke Blick zur Armbanduhr erzählte mir dabei stumm, dass der lebenspendende Glutball in mehr oder weniger als drei Stunden langsam den Horizont berührte, bis dahin sollte mein Fahrtziel längst erreicht sein.

So war der Plan.

Die Landschaft an der ich einigermaßen zügig vorbeirauschte gefiel mir außerordentlich gut. Dieses Farbenspiel und das magische Licht im Herbst waren einfach wunderschön, man konnte schon ins Schwärmen geraten, doch zu sehr ablenken lassen durfte ich mich nicht, Konzentration war angesagt, denn der kleinste Fehler führte bei diesem Fahrzeuggewusel zur Katastrophe.

Feierabendverkehr... na klar...

Wie einer Schlange gleich kroch das schwarze Teerband der Autobahn über Hügel und Täler.

Gewaltige Lastkraftwagen, die meiner Meinung nach immer größer wurden, fuhren zu dutzenden hintereinander her.

Der Vergleich mit einem metallenem Bandwurm passte hier vorzüglich. Eine große Zahl der „Brummis" kamen aus den osteuropäischen Ländern.

Die gute A2, eben die berühmte „Warschauer Allee".

Die unmittelbare Natur links und rechts der Fahrbahnen hatte hier wahrlich nichts zu lachen.

Und wer hier an dieser enormen Steigung zu spät Gas gab, verlor schon im Ansatz. Eine immer wiederkehrende Gesetzmäßigkeit.

Raststätte Herford las ich auf dem überdimensionierten Verkehrsschild, hier ging es wirklich steil bergan und ich saß hinter einem Sattelschlepper fest, den Blinker links setzen und rüber ziehen war aufgrund der vorbeirasenden hoch-motorisierten Fahrzeuge nicht möglich. So ein vollbeladener Vierzigtonner war nun mal kein „Beschleunigungs**monster**" und so ging es mit knapp fünfzig Stundenkilometern den Berg hinauf.

Monster...

Ja... Monster, womit wir also wieder beim leidigen Thema wären... Bei dem Wort flog mir sofort unser erster gemeinsamer Fall „Schatten-gleich" durch die Hirnwindungen und verursachte bei mir abermals ein faltiges Stirnkräuseln.

Eine rätselhafte Mordserie im Kölner Raum beschäftigte die dortige Kriminalpolizei. Mehrere stark verweste Leichen wurden zudem im Kölner Dom gefunden.

Das Rätselhafte daran, sie waren an den Füssen gefesselt, verkehrt herum aufgehängt worden und allesamt besaßen sie keinen Tropfen Blut mehr.

Wie im Schlachthof wurde ihnen der rote Lebenssaft entnommen. Die nach den „Horror" Funden einberufene Sonderkommission stand vor einer unlösbaren Aufgabe.

Der Ruf unserer jungen Spezialabteilung für außergewöhnliche Phänomene eilte uns voraus und so klang der Anruf des Kölner Chefermittlers beinahe wie ein verzweifelter Hilferuf.

Keine Frage, Köln war eine bezaubernde Metropole, doch irgendwie auch eine magische Hochburg. Es gab viele solcher mystischen, übersinnlichen Hochburgen, die Externsteine hier in Deutschland oder Stonehenge in Schottland zum Beispiel.

Orte wo sich ein ums andere Mal die Geisterwelt mit der realen Welt überschnitten.

Finstere, dunkle Brutstätten der Verdammnis, in denen der Schrecken herrschte und das Grauen regierte.

Immer wieder manifestierten sich die Reiche der Finsternis in unsere Menschenwelt, öffneten sich dämonische Portale.

Heerscharen von bösen Gestalten rannten wieder und wieder gegen unsichtbare magische Barrieren an, mit der Absicht sie zu durchbrechen und um Tod und Verderben unter uns Sterbliche zu tragen, um den Lebenden zu beherrschen und zu versklaven...

Das waren die mahnenden Worte unseres „Aufklärers", Frederico Mascarello, einem alten italienischen, weißhaarigen Mönch, der sein bisheriges langes Leben der Jagd nach den realen Albträumen widmete.

Er wurde dankenswerter Weise unser Berater in der Abteilung und bald ein guter Freund. Der weise und greise Frederico, niemand wusste eigentlich genau wo er her kam und wie alt er wirklich war.

Ein groß gewachsener Mann war er, sein faltiges, von tiefen Furchen durchzogenes Gesicht strahlte trotz allem Wärme, Liebe und Weisheit aus, seine Stimme zog einem in seinen Bann. Man fühlte sich in seiner Nähe wohl. Um sein Wissen über die Religionen der Welt, bis zu den Anfängen der Zeitrechnung beneidete ich ihn.

Frederico verdankte ich auch meinen runden Glücksbringer. *„Er wird das Böse von dir fern halten..."* sagte er und übergab mir beinahe feierlich die gut acht Zentimeter durchmessende Scheibe eines unbekannten Metalls. Geschmiedet aus den Trümmern eines Meteoriten, sagte er mir nur. Was es mit den einzelnen Buchstaben, Zeichen und Symbolen auf sich hatte, erklärte er mir nicht oder hielt sich bedeckt. Die Keilschrift war zu erkennen, die Urschrift der Uruk, der Sumerer. Ein Geheimnis verriet er mir dann doch noch, auf Jahrtausende alten Steintafeln, die er kaum in der Lage war zu entziffern, stand so etwas wie eine „Gebrauchsanweisung".

Ich sollte dieses Wort nicht benutzen und mehr Respekt vor diesen Dingen an den Tag legen, so sprach Frederico und hob erzieherisch den Zeigefinger. So sollte mich dieses Amulett in einer ausweglosen Situation und wenn tote, wieder zum Leben erwachte Wesen einer fremden Zwischenwelt mich bedrohten, vor ihnen Schützen.

„Hoch in der Luft..." und **„Schwebt in der Zeit"** was diese Worte bedeuteten, konnte der alte Mönch mir nicht sagen, oder noch nicht, oder wollte es nicht oder was auch immer...
Zu viel Wissen macht zu viel Sorgen... wie er sagte...

Eine Ausweglose Situation also...

Ich dachte in diesem Zusammenhang an mein weiteres „Waffenarsenal" .
Da verließ ich mich doch lieber auf meine Dienstpistole, Hochgeschwindigkeitsbleibohnen konnten schon etwas ausrichten. Dann gab es noch die neueste Errungenschaft aus unserem hochtechnisierten Wissenschaftslabor. Einem im Mikrowellenbereich arbeitenden Ultraschallresonator. Ein Metallzylinder, der Ähnlichkeit mit einer „Phaserwaffe" aus dem Star Trek Universum besaß, eine verglaste Mündungsöffnung die sich nach vorn verengte, einer Taschenlampe gleich. Ein Schieberegler für die Intensität der Schallwellen, als Sicherung diente ein Daumenabdruckscanner. Ausprobiert hatte ich dieses Gerät noch nicht.

Es sendete einen gebündelten hochfrequenten Schallimpuls von circa drei Sekunden aus, je nach Stärke eine Sekunde länger oder kürzer. Für einen zweiten Schuss lud sich die Waffe selbst auf. Das dauerte fünfzehn Sekunden, danach war Schluss.

Trafen diese Wellen auf Materie, so wurden Moleküle, Atome in heftige Schwingungen versetzt, die Vibrationen sorgen für ein schlagartiges Erhitzen des getroffenen Gegenstandes oder Körpers, so erzählte man es mir, und ich musste es glauben, ein Experte in solch einer Thematik war ich nun nicht gerade.

Es handelte sich hierbei um ein sogenannte Nahkampfwaffe. Benutzen konnte ich sie nur im Umkreis von gut drei Meter. Sicherlich irgendwann einmal ein nützlicher Helfer.

Weiter erinnerte ich mich an die Worte des weisen Mannes...

>>*Noch bist du nicht reif und erfahren genug für alle Geheimnisse des Rakkahals... und hüte dich vor der Überheblichkeit, unterschätze nie das Böse dieser Welt.*

Wie das Vergangene, die Gegenwart, die Zukunft untrennbar miteinander verbunden sind, so ist es mit der Wissenschaft und dem Glauben. In den vergangenen Jahrhunderten haben viele mehr oder weniger kluge Köpfe versucht beides voneinander zu trennen, jedoch letztendlich vergeblich. Beides wird, wie bisher, die Jahrhunderte, die Jahrtausende überstehen.

Königreiche, Diktatoren, selbsternannte Kanzler werden kommen und gehen. Wissenschaft und Glaube wird den Sturm der Zeit überstehen. Der Mensch steckt noch in den Kinderschuhen. Man sagt wir leben in der „Neuzeit"... ich sage, wir leben immer noch im tiefsten Mittelalter. Nur erscheint es für uns in dieser Gegenwart etwas moderner als vor fünfhundert Jahren. Aber sagten das die Menschen vor fünfhundert Jahren nicht auch? Und wird es in besagter Zeitspanne, in Zukunft nicht wiederholt?

Erst wenn der Mensch gelernt hat das Böse, also sich selbst, zu kontrollieren, sich selbst nicht mehr zu zerstören, das Universum und die Natur als Religion, als heiliges Gesetz anzuerkennen, dann beginnt die Neuzeit... dann beginnt der Friede und der Wohlstand für alle Menschen.
Und was Dämonen für dem Einen grauenhaft erscheinen mag... ist in einer Welt des Horrors, so ein abartiges Wesen vielleicht die Normalität. Niemand ist in der Lage das zu verneinen.
Achte auf meine Worte... habe Respekt vor der Wissenschaft und dem Glauben.<<

Ich stand damals mit offenem Mund da, als er mir die Sätze mit glänzenden, glühenden Augen „predigte" und ich konnte doch nicht ahnen wie viel Wahrheit in seinen Worten steckte.

Ich konzentrierte mich weiter auf den Verkehr vor mir und dachte wieder an unseren ersten Einsatz.

Dieser erste Fall hatte es in sich und unsere Abteilung wurde ins kochende Wasser geworfen. Wir hatten doch keinerlei Ahnung was da auf uns zu kam...

Mein Vorgesetzter, Harald Wiegand, unterrichtete uns also ausführlich über den Sachverhalt und über die anstehende Vorgehensweise.

Tja, und schon gab es das erste Problem. Was für eine Vorgehensweise?

Es gab keinen Plan, keine Erfahrungswerte, es gab nichts. Wir versuchten es mit professioneller Polizeiarbeit und mussten feststellen, dass es für solch eine Art von Einsätzen keine Vorbereitungen gab. Wir versuchten erst gar nicht zu verstehen was hier vor sich ging, es war einfach nur grauenhaft. Mein sehr guter Freund und Kollege aus Studienzeiten, Jon Halldurson begleitete mich, sowie zwei weitere Mitarbeiter unseres Teams.

Bald fegte durch den Kölner Dom eine wilde, mörderische Jagd. Zwei „untote" bereits halb verweste Gestalten mit löchrigen Wangen, ohne Nase und Augenlidern, gekleidet in schwarzen Gewändern, die das Symbol der Christen verkehrt herum trugen und sich in den Gewölben des Doms versteckten.

Wir gaben ihnen den Namen „Vampir- Priester",

Es gab sie also doch...

Geschöpfe der Nacht ohne Gefühl und Erbarmen, mit einer unheilvollen hypnotischen Kraft machten uns das Leben zur Hölle und nein... sie sahen nicht wundervoll aus und sie „glitzerten" nicht im Sonnenlicht...

Es gab einen Kampf auf Leben und Tod. Wir trieben sie geschickt in die Enge, es gab für diese Monster nun kein Entkommen mehr. Nach dem „Warum" oder nach dem Motiv zu fragen schien aussichtslos, denn eine Kommunikation mit diesem Abschaum war nicht möglich. Letztendlich vernichteten wir diese sich uns gnadenlos zeigende Brut, dass Feuer war unser Verbündeter und selbst jetzt noch stieg mein Blutdruck, mein Puls ins unermessliche als ich daran dachte...

Bei dem Kampf zerbrach leider auch ein wertvolles Stück alter Geschichte.

Der sechzig Jahre alte Klöppel der St. Petersglocke, liebevoll auch der dicke Pitter genannt, zerbrach bei unserer "Säuberungsaktion".

Wie mir jemand mitteilte, war die St. Petersglocke des Kölner Doms mit ihren vierundzwanzig Tonnen Gewicht, die größte freischwingende Glocke der Welt.

Der Klöppel selbst wog gut achthundert Kilogramm und verursachte einen Höllenlärm als er durch den Glockenturm fiel, den Boden durchbrach und weiter herab stürzte. Bei meinem „Hechtsprung" zur Seite zerbeulte ich meinen Kopf, meine Schulter und ramponierte mir ordentlich die Rippen.

Im Krankenhaus verpasste man mir eine wirklich eng anliegende Bandage, so war ich wenigstens in der Lage einigermaßen mehr oder weniger schmerzfrei Luft zu holen.

Natürlich gab es auch hier Fragen über Fragen. Mein Chef leistete Überstunden ab, und wusste mit viel Fingerspitzengefühl einige hitzige Gemüter zu beruhigen.

Nach diesem „Erfolg" in Köln, der natürlich nicht öffentlich propagiert wurde, stieg unsere Neugier auf das Kommende.

Kaum im Büro angekommen bekamen wir neue Aufträge oder Anfragen, ob wir gegebenenfalls Spuren nachgehen könnten. Eine neunzig-jährige Dame aus einem Pflegeheim in Leverkusen faselte etwas von Hexen und Auferstehung, erwähnte ein Kloster in unmittelbarer Nähe und süd-westlich der Stadt Hannover, bevor sie verstarb. Eigentlich nichts ungewöhnliches, doch wie eine Pflegerin des Wohnheims uns versicherte, hätte die Dame seit gut fünf Jahren kein einziges Wort gesprochen...

Es klang für mich nach Abwechslung, einem Hauch von Urlaubstrip und ruhiger Recherche. Genau dort wollte ich also hin, mich einmal ungezwungen umsehen.

Meinen Kumpel Jon Halldurson verschlug es nach Braunlage, **„die"** Hexenstadt im Harz. Dort sollte es unnatürliche Vorkommnisse in einem Hotel geben.

Wir rollten bei der Anfrage mit den Augen, war uns doch zu sehr „Klischee" behaftet. Der Rest der Truppe kümmerte sich um den Bürokram, der ja auch zu erledigt, und nicht zu unterschätzen war.

Nach der Aktion in Köln waren wir im eingeweihten Kollegenkreis so etwas wie Helden.

Helden?... wie aus dem Comic entsprungen? Das waren wir keinesfalls.

Und nein, wir besaßen auch keine automatischen, elektronischen „Geistervernichter", wenn es denn so etwas gab.

Das gute alte Eichenholz, die Bibel, der Glaube, die Liebe und Hoffnung... das waren unsere „Wunderwaffen", naja und vielleicht doch ein paar mehr. Auch Theologen, Gelehrte, Philosophen, Wissenschaftler aus aller Welt die uns zur Seite standen, forschten und berichteten uns. Selbst Kontakte zur NASA bauten wir auf.

So gab es Studien und Theorien über Auswüchse der unbekannten dunklen Materie. Sie war nicht zu fassen, kaum zu erdenken und noch schwerer zu erklären. Doch umgab sie uns ständig, sorgte für den Zusammenhalt im Universum.

Im Zusammenspiel mit der Gravitation unserer Sonne und starken elektromagnetischen Kraftfeldern, war die dunkle Materie vielleicht in der Lage Hirnströme anzuregen und tote, nicht zerfallene Körper wiederzubeleben.

So absurd es auch klang... so gab es neben schwarzen Löchern auch weiße Löcher... die „Hawking- Strahlung" oder auch „Schwarzkörper-strahlung" genannt zum Beispiel besaß die Eigenschaft schwarze Löcher zu verlassen, obwohl doch nichts einem schwarzen Loch entkommen konnte, nicht einmal das Licht. War denn heutzutage alles möglich? Nichts mehr tabu? So sollte das auch die Erklärung für manch magisches Zentrum sein oder Orte mit erhöhter Zahl gewalttätiger Exzesse auf der ganzen Welt.

Frederico Morietti schüttelte angesichts solcher Erklärungen einfach nur mit dem Kopf und widmete sich lieber weiter seinen Studien alter Schriften aus grauer Vorzeit.

Das war sein Leben, sein Glaube. Doch wie er mir immer wieder aufs Neue einbläute, war die Wissenschaft nie zu unterschätzen und unbedingt zu tolerieren.

Die Kölner Kreaturen, nennen wir sie Vampire, besaßen keinerlei übermenschliche Fähigkeiten, nun gut... waren sie dem „normalen" Menschen an Körperkräften durchaus überlegen, doch sie krabbelten nicht an Wänden und Decken herum, sie warfen einen Schatten und ihr Abbild präsentierte sich im Spiegel. Die Waffen dieser Wesen waren ihre Grausamkeit, ihre Gefühlslosigkeit. Skrupellose Geschöpfe die im Dunkel der Nacht ihre Opfer suchten.

Jetzt meine Frage...

Unterscheiden sich diese „Monster" denn großartig von dem heutigen gemeinen Menschen? Das finstere Mittelalter? Ja was passierte denn im ersten Weltkrieg? Die Gräuel im zweiten Weltkrieg? Das Stasi- Regime der Deutschen „Demokratischen" Republik... die Hartz4 Diktatur der Zwangsarbeit, dann der IS, Terror der Neuzeit? War der Mensch an sich nicht der wahre Dämon, das manifestierte Böse?

Gab es hier eine neue, eine weitere Stufe der Evolution? Mutierte der Neuzeitmensch aus schmerzender gähnender Langeweile zur Bestie?

Oder passierte hier noch etwas völlig anderes mit uns.

Waren wir nun, nach hunderten von Jahren, plötzlich in der Lage Geisterwesen zu sehen, zu erkennen? Für immer mehr Personen? Veränderte oder evolutionierte, halluzinierte unser Hirn?

Vielleicht war es doch ganz anders? Wurden Menschen noch vor ihrem Tod ihrer Seelen beraubt?

Weil es nicht mehr genug Seelen gab?

Verkam der Mensch zu einem Seelenlosen Ungeheuer? Zu einem hirnlosem Zombie?

So viel Fragen auf die es keine Antworten gab.

Doch angesichts dieser bescheidenen Aussichten einfach aufzugeben, dass war nicht unser Ziel.

Die Lider senkten sich wie Blei über meine Augen, ich schüttelte den Kopf, versuchte die Müdigkeit los zu werden. Sie waren für den Bruchteil einer Sekunde zu lang geschlossen, denn das Hinterteil des Metallungetüms von Lastkraftwagen vor mir wurde schnell größer, ich bremste rasant wurde in den Gurt gedrückt und spürte wieder meinen geschundenen Körper. Durch den kurzen aber durchaus sehr notwendigen Krankenhausbesuch, verpasste ich meinen eilig gebuchten Flieger. Ein paar schmerzende Blessuren trug ich schon davon.

Blaue Flecken, eine geprellte Schulter und Rippen, wohl nichts besonderes, doch die Schmerzen waren real. Der schwere Klöppel fiel aus dem Geläut und mein Hechtsprung zur Seite war Oscar-verdächtig.

Das Kloster in Loccum, Nähe Hannover, so hieß mein Ziel und der Flieger fiel aus. Um dorthin zu gelangen, standen dann eben nur noch die Bahn oder das Auto zur Auswahl.

Jedoch, die ewige Warterei am Bahnhof, wer hatte dazu schon Lust. Die ständigen Verspätungen, Platz nehmen im total überfüllten Großraumwagon. Anschlusszüge bekam man oft nur im Dauerlauf...

In anderen Ländern war es sicher ähnlich, man ging vielleicht ein bisschen gelassener damit um. Außerdem wurde bei der Deutschen Bahn schon wieder gestreikt.

Ginge es um bessere Arbeitsbedingungen, so könnte man es ja noch verstehen. Leider stand letztendlich nur die Forderung nach mehr Lohn, das alte Lied eben.

Als wäre der schnöde Mammon, der sehnlichst erhoffte Heilsbringer. Vielleicht wird das Kapital demnächst als neue Religion ausgerufen... oder war es schon passiert? Hatte ich was verpasst? Doch was hier für Fahrzeuge mit hoher Geschwindigkeit an mir vorbei zogen, jammerten wir wohl auf sehr, sehr hohem Niveau.

Aber was zählte schon meine bescheidene Meinung.

Also schwang ich meinen müden Hintern auf den Sitz meines dunkelblauen Mercedes Dienstwagens, tippte die Fahrtroute ins Navi und schon ging die Reise los.

Auf halben Weg nach Loccum kam ich nicht drum herum, einem sehr guten Bekannten aus längst vergangenen Tagen einen kurzen Besuch abzustatten, dass war nicht zu umgehen aber es würde ein sehr kurzer Stopp werden, schon eher ein kleiner Überfall, mit anschließender Fluch.

Na, wenn man schon mal in der Nähe verweilte, und das letzte Treffen war gut fünf Jahre her.

Was meinen alten Kumpel Steve in einen Vorort von Bielefeld trieb, konnte er wahrscheinlich selber nicht so richtig erklären. Die Liebe wird es wohl letztendlich gewesen sein. Die zwei staunten nicht schlecht, als ich da so plötzlich und beinahe im Kreis grinsend vor der Tür stand.

Nach einer herzlichen Begrüßung gab ich den beiden sofort zu verstehen, dass ich nicht lang bleiben konnte, und es folgte ein kurzes aber sehr intensives Gespräch. Manuela, Stevens liebe Frau war kein bisschen älter geworden und sah einfach umwerfend aus.

Ich fühlte mich wohl bei den beiden und wäre am liebsten geblieben. Doch es trieb mich weiter, denn das Jagdfieber packte mich an beiden Ohren so das es schmerzte. Steve sagte nur, ich möchte doch bitte nicht wieder fünf Jahre verstreichen lassen bis zum nächsten Wiedersehen. Auch sollte ich *das nächste Mal etwas mehr Zeit einplanen und vorher anrufen*, ein treffender Vorwurf. Er beschrieb mir eine entspannte Route über das Land und sprach... *mach dir kein Stress mit der überfüllten Autobahn...*. seine Empfehlung würde ich auch folgen. Wir verabschiedeten uns und Manuela erdrückte mich beinahe, so stark war ihre liebe, intensive Umarmung, dann ging meine Reise weiter.

Abfahrt Minden–Porta Westfalica, plärrte mein Navi nach einer Weile und mit überaus attraktiver, sanft einfühlsamer weiblicher Stimme.

Die alte Preußen-Stadt Minden war dank der Bundesstraße vier-acht-zwei schnell zu umfahren. Das Weserbergland ließ ich schnell hinter mir und weiter ging es in Richtung Nord- Ost.

Die Hügel und Täler verschwanden, es wurde ländlich, flach ruhig und grün. Genau das brauchte ich jetzt. Außerdem wäre langsam mal eine längere Pause angesagt.

Ein Kraftwerk kreuzte meinen Weg, nun ja... ich fuhr daran vorbei... ein imposanter Bau.

Hoch ragte der mächtige Kühlturm auf und pustete gewaltige, weiße Dunstschwaden in den blauen Himmel, ein fantastischer Wolkenmacher.

Mein Blick wanderte wieder zum elektronischen Helfer. Jetzt war es wirklich nicht mehr weit.

Steven erwähnte bei seiner sehr ausführlichen Wegbeschreibung auch noch das Steinhuder Meer und die Orte Steinhude, Mardorf. Sollte kurz vor Hannover liegen, und von Loccum auch nicht weit entfernt, malerische Orte die ich mir eigentlich ansehen sollte. In diesen „Dörfchen" gab es eine Menge guter Hotels, hervorragende Fischgerichte und es war wirklich nicht zu weit weg von meinem eigentlichen Ziel, sagte er.

So viel zum Bestaunen und doch so wenig Zeit.

Der Motor brummelte leise vor sich hin, die Reifen summten auf dem Asphalt ihr verführerisches Wiegenlied. Eigentlich hatte ich vor ein Fenster zwecks Frischluftzufuhr zu öffnen. Doch der nächste Stahlkoloss von Lastkraftwagen vor mir sollte wohl etwas dagegen haben.

Das war nicht mehr als Abgas zu bezeichnen, schon eher ein mittelschwerer Industriebrand was da den Auspuff entströmte.

An ein gewagtes Überholmanöver war hier auf dieser kurvigen Straße nicht zu denken, also ließ ich ein wenig Abstand zum Vordermann, dass konnte sicher nicht schaden.

Allmählich überfiel mich die lähmende Müdigkeit ein weiteres Mal, die Farbe der Natur veränderte sich, ein sanftes Orange küsste die wenigen Wolken am Himmel, einem Acrylbild gleich, wie es nur Van Gogh malen konnte...

Meine Augenlider wurden schwerer und schwerer. Ich wurde schläfrig, träge... außerdem steckte mir der gestrige Fall immer noch stärker in den Knochen als ich dachte. Meine Schulter, meine Rippen meldeten sich wieder schmerzhaft an, die Tabletten beendeten wohl gerade ihren Dienst, auch am streiken? Langsam bereute ich es schon, nicht mit der Bahn gefahren zu sein.

Mein Navi schickte mich weiter nach Loccum, dort befand sich auch das Kloster, von da aus war es dann nur ein Steinwurf bis Steinhude und zum Steinhuder Meer. Die überaus schmale, holprige, zweispurige Straße die ich nun befuhr zerteilte einen dicht bewachsenen Fichtenwald, der das spärlich vorhandene Licht des sterbenden Tages wie ein trockener Schwamm aufsaugte. Links und rechts türmten sich die Bäume hoch auf, es kam mir vor als durchfuhr ich einen dunkelgrün beleuchteten Tunnel.

Die Straße hörte gar nicht wieder auf oder das Gefühl überkam mich jedenfalls.

Sie zog sich endlos dahin, verschwamm am Horizont zu einer undefinierbaren Masse... wurde dunkler und dunkler... ich war müde... sooo müde...

Dieser Urwald spukte mich irgendwann doch noch wieder aus und es wurde endlich hell, die sehr tief stehende Sonne fraß sich durch das Glas der Windschutzscheibe, meine mich quälende Müdigkeit verschwand sofort und ein gelbes Ortseingangsschild säumte einsam die Straße.

Loccum.

Ich fuhr hinein in das kleine „stille Örtchen", klein, still... machte jedenfalls auf mich den Eindruck, ich schmunzelte.

Das Kloster Loccum, mein eigentliches Ziel... „eine Sehenswürdigkeit in der Nähe"... wieder spukte mein Navi die Info aus, also war ich genau richtig.

Meine Augen brannten, mein Mund war ausgetrocknet wie ein heißer, lebloser Salzsee. Die Zunge klebte am Gaumen, ein pelziger Geschmack breitete sich längst aus, überzog das Geschmacksorgan mit einem schimmeligen modrigen Gammelteppich.

Ein Königreich für einen Kaffee, doch auch eine Flasche Wasser wäre mir recht.

Bereits jetzt schon sehnte ich mich nach dem vorzüglichen Bürokaffee, morgendlich gekocht und heiß serviert von unserer Mitarbeiterin und meiner sehr guten Freundin Oberkommissarin Vanessa Valentin.

Ihr Kaffee... einfach unschlagbar, ein Gedicht, natürlich nicht nur ihr Kaffee.

„So viel Zeit sollte eben sein" und ein Kompliment darf nicht unausgesprochen bleiben... ich lächelte abermals als ich an sie dachte. In Köln waren wir ein unschlagbar eingespieltes Team.

Ihre zeitweise sehr spitzfindigen Bemerkungen über mein Aussehen, Zusammenstellung meines Outfits und so weiter, trieben mich von Zeit zu Zeit zur Weißglut, doch ich vermisste meine rothaarige Kollegin bereits jetzt und wünschte sie wäre hier an meiner Seite.

Doch hier ging es lediglich „nur" um eine Routineaufklärung, nichts spektakuläres, also blieb Vanessa in Frankfurt zurück und hielt dort die Stellung, ich sollte mich melden sobald mein Ziel erreicht wäre.

Gab es hier, in diesem Ort, so etwas wie eine Gaststätte, oder ein Hotel? Oder sollte ich besser weiter fahren bis nach Steinhude?

Meine Augen rotierten von der linken zur rechten Häuserreihe und zurück, checkte die nähere Umgegend ab.

Ha... und Treffer... mit etwas Glück fand ich eine passende Location.

Einen Marktplatz mit Parkplatz und einem Restaurant... wunderbar.

Die Reifen meldeten sich mit einem quälenden Geräusch bei meinem rasanten Bremsversuch. Zum Glück befand sich in diesem Moment niemand hinter mir.

Ich setzte ein Stückchen zurück und bog links in die schmale Seitenstraße zum Parkplatz des Restaurants ein. Vor einem überschaubaren Blumenladen parkte ich meinen dunkelblauen Benz, der Motor erstarb.

>>Vielen Dank..<< sprach ich keine Sekunde später laut zu mir selbst und war wirklich erleichtert.

Aussteigen und versuchen sich in eine aufrechte Position zu bringen, ein nicht ganz einfaches Unterfangen nach so einer anstrengenden Mörderfahrt. Es knackte hier und da... naja, man war eben nicht mehr der Jüngste.

Bei jedem tieferen Atemzug schmerzte außerdem meine Brust, als verbrannte ein wildes grausames Feuer meine Rippen von innen heraus. Nach meiner Rückkehr kam eine Menge Arbeit auf meinen Hausarzt zu, dass stand schon mal unumstößlich fest.

Meine, dem Kaufrausch sei dank, neue dunkelbraune Wildlederjacke welche auf dem Weg zum Lieblingsstück mutierte, lag irgendwo im Kofferraum des Wagens.

Florida-Klima war im Herbst sicher nicht gerade zu erwarten, so zog ich sie doch sicherheitshalber einmal über.

In der Mitte des Marktplatzes blieb ich stehen, sog die kühle, nach frisch gemähtem Gras duftende Luft ein, drehte mich einmal langsam im Kreis und sah mich um, ließ die neu gewonnenen Eindrücke auf mich wirken.

Auf der gegenüberliegenden Straßenseite des Cafés, gab es einen alten, stilvoll gestalteten roten Backsteinbau, in dem man die hiesige Sparkasse unterbrachte.

Der rote Backsteinbau war also mein erstes Ziel bevor es ins Restaurant ging, ein paar Banknoten benötigte meine Geldbörse, sonst durfte ich später abwaschen. Nicht überall wurden Kreditkarten akzeptiert, also machte ich mich erst einmal auf den Weg um den Geldautomaten auf legalem Wege ein wenig zu erleichtern.

Am Eingang des Restaurants sprang mich das Wort *"Fremdenzimmer"* förmlich an.

Die kleine Hinweistafel am unteren Bereich der Eingangstür war nicht zu übersehen und so wurde ich schwach.

Die Pläne nach Steinhude zwecks Hotelsuche zu fahren ließ ich fallen und beschloss mich hier einzuquartieren.

Außerdem befand sich das Kloster direkt auf der anderen Straßenseite, also in unmittelbarer Reichweite und ich ersparte mir die Fahrerei. Das Kloster, dass würde ich mir später auf jeden Fall etwas genauer ansehen, denn irgendetwas war hier faul oder handelte es sich nur um das geistlose Geplapper einer alten Frau?

Fünf Jahre sprach die Dame mit niemanden ein Wort und auf dem Sterbebett sprach sie von Hexen und Wiederauferstehung hier in Loccum. Das waren ihre letzten Worte... die Dame starb gegen ein Uhr in einer Vollmondnacht... ein leichter Schauer erfasste mich.

Vielleicht fantasierte sie nur, träumte oder was auch immer. Doch nach der Geschichte in Köln wurden wir eines besseren belehrt und hörten fortan auf diese Dinge die uns zugetragen wurden.

Außerdem liebte ich diese alten Gemäuer, nicht nur aus rein beruflichem Interesse.

Perfekt wäre es daher, wenn das Fremdenzimmer tatsächlich noch zur Verfügung stand, einem Steinwurf von meinem Reise- und Observationsziel entfernt, besser ging es wohl nicht.

>>Komm alter Mann... wenn dich die Geister in Ruhe lassen, bleibe ich ne Woche hier.<< sprach ich laut mit mir selbst.

Ich musste schmunzeln und drückte die Eingangstür nach innen.

Vanessa hätte mich sicher für verrückt erklärt, wenn sie wüsste wo ich abgestiegen war.

Jedoch, ich zog jederzeit dieses Ambiente so einer Herberge, jeder hektischen, überfüllten Bettenburg vor.

Das Fremdenzimmer war tatsächlich nicht belegt, wie ich einige Sekunden später erfuhr.

Die Formalitäten waren schnell abgearbeitet, der Zimmerpreis durchaus akzeptabel und überraschend günstig.

Man begrüßte mich noch einmal auf das Höflichste als Gast der Pension und einen kleinen Augenblick müsste ich mich noch gedulden, bis jemand die Zeit besaß und mir das Zimmer zeigen konnte.

Nun, fünf Sterne durfte ich nicht erwarten, ein sauberes Bett und frische Handtücher, darauf legte ich schon wert. Meine Sachen blieben vorerst im Auto, dafür war später noch genug Zeit.

Vor der riesen- großen Fensterfront mit vorzüglichem Panoramablick auf den alten Marktplatz, setzte ich mich erst einmal in einem der bereitstehenden schwarzen Ledersessel und nutzte die Wartezeit zum Relaxen.

Die hohe Lehne stützte meinen geschundenen Rücken, ich streckte wohlig die Beine aus, verschränkte die Arme hinter dem Kopf und beobachtete die Szenerie.

Eine sehr hübsche Kellnerin mit rötlich verweinten, traurigen Augen, *„was für einen Grund es dafür wohl gab...?"* dachte ich beiläufig... und starrte sie weiter regelrecht an, brachte mir eine dampfende Tasse Kaffee.

>>Bitte sehr, eine Aufmerksamkeit des Hauses.<< sagte sie mit weinerlicher Stimme, wartete keine Antwort ab und ging auffallend schnell davon.

Ich sah ihr kurz nach, sie war schlank, sehr hübsch, ihr blonder, langer Pferdeschwanz wippten bei jedem ihrer Schritte. Ich widmete mich wieder meinem Kaffee und den trank ich nun wirklich mit Genuss...

Apropos hübsch, ich dachte wieder an Vanessa, meine Rückmeldung wurde fällig, oder war längst überfällig, dass holte ich schleunigst nach.

Es war reichlich los in dem kleinen Dorfcafe`.

Zwei ältere Damen saßen zwei Tische links von mir, aßen ihren Kuchen mit Wonne und tuschelten, es schien ihnen zu schmecken und sie hatten ihren Spaß, dass sah man den beiden an.

Direkt hinter mir saß eine kleine Familie. Töchterchen lutschte und schmatzte vergnügt an ihrem Eis, der Papa verbrannte sich gerade den Mund an seinem heißen Kaffee und fluchte wie der berühmte Kesselflicker.

>>*Papa, so was sagt man doch nicht*<< maßregelte ihn seine Töchterchen sofort...

Die Kleine schien recht aufgeweckt, vielleicht 6- 7 Jahre alt, dunkelblondes langes Haar, wache Augen, Stirnpony, ein wenig Heidi Klum, unglaublich süß. Sie sah mich, winkte heftig mit dem Eis, so das ich Angst bekam die große Kugel würde im nächsten Moment herabfallen, verdrehte die Augen und leckte sich die Lippen, ich lächelte und nickte kurz zurück.

>>Wie schmeckt es dir denn?<< hörte ich den Papa fragen. >>Säääähr guuuut... Lily möchte noooooch eins...<< gab die kleine Maus zurück.
Ich musste noch einmal amüsiert lächeln, dass gab bestimmt mächtige Bauschmerzen.

Am Tisch neben mir wurde konzentriert Schach gespielt. Eine heile, entspannte Welt. Kaum zu glauben das sich hier etwas abnormales abspielen sollte oder vielmehr im Kloster.
Viel Laufkundschaft gab es dazu, ein ständiges Rein und Raus, Gesichter und Stimmen kamen und gingen.

Nach dem zweiten, dritten Kaffee und einem Stückchen lecker Schokoladen Sahnetorte kamen die Lebensgeister langsam zu mir zurück. Nur für diese Art von Geistern hatte ich immer etwas übrig.

XXX

>> *Bitte*, bitte lass mich in Ruhe... ruf mich nicht mehr an. Wenn ich dich hier irgendwo sehe, gehe ich zur Polizei. Das ist keine leere Drohung, sondern ein Versprechen mein Lieber... lass es einfach und verstehe es endlich.<< Kirsten Gerber schrie die Worte in die Muschel des alten Telefons, ihr liefen die Tränen in Strömen über das vom Zorn gerötete Gesicht. Das vom Bratfett verklebte, dunkelgrüne uralt Telefon hing an der Wand der weiß gekachelten Restaurantküche. Schluchzend knallte sie den schweren Hörer auf die Gabel.

Waltraud, die Hausköchin, mit Leib und Seele dabei, und der ihr gekochtes Essen wohl selbst am besten schmeckte, hatte alles mit angehört, reichte Kirsten ein wolken- weißes Stofftaschentuch. Liebevoll nahm sie die blond-haarige Frau in den Arm.

>>Schon wieder der alte Knallkopp? Hat der denn nichts aber auch gar nichts verstanden, warum versucht der das immer wieder?<< nuschelte sie, Waltraud mampfte auf einem harten Stück Hirschbraten herum und war daher kaum zu verstehen.

>>Das geht nun schon seit fast einem Jahr so. Er versteht es einfach nicht oder will es nicht verstehen.<< in das Taschentuch schnäuzend redete Kirsten weiter.

>>Wenn der so weiter macht, bin ich mit meinen Nerven bald völlig am Ende, ich kann einfach nicht mehr...<< wieder schluchzte sie herzzerreißend, schloss ihre Augen...

>>Ich kann es dir nachfühlen. Dann hilft es nichts mehr und du musst jetzt der Polizei sagen was los ist. Außerdem kennst du die Jungs doch alle. Sie werden dir helfen. Es geht hier schließlich und in erster Linie um deine Gesundheit mein Liebes. Jetzt geh rasch nach oben, mach dich etwas frisch. Heute kommen wieder ne Menge Gäste, ist nicht schön wenn die Leute dich so verheult sehen.<< Die gut beleibte Köchin strich Kirsten die langen feuchten Haarsträhnen aus dem Gesicht.

Kirsten bedankte sich bei Waltraud mit einem Küsschen auf ihrer fleischigen Apfel-roten Wange und ging mit Pudding-weichen wackeligen Beinen in Richtung des Treppenhauses.

Im ersten Obergeschoss gab es drei Pensionszimmer. Keines war belegt und "Frau" konnte sich in einem der drei Zimmer und in Ruhe ein neues Make-Up auftragen, dabei einmal entspannt durchatmen.

Kirstens Gedanken schweiften ab in die Vergangenheit, sie dachte erneut an ihren Ex...

Mit seinen ständigen Eifersuchtsattacken fand sie sich irgendwann ab. Ja, es gab eine Zeit, da besserte er sich und wurde wieder „handzahm..." ja wirklich...

Doch eines Nachts kam der brutale Rückfall. Nach einem eher unbedeutendem Streit schlug er ihr, ohne Vorwarnung natürlich, mit der Faust mitten ins Gesicht. Das war selbstverständlich zu viel, so packte Kirsten noch in der Nacht, schwindelig, mit Nasenbluten und dröhnenden Kopfschmerzen ihre Sachen und fuhr zu ihren Eltern zurück.

Seid dem versuchte er immer wieder mit ihr zu reden, sie zu überreden zu ihm zurück zu kommen.

"Es tut mir Leid, es kommt nicht wieder vor, niemals... bitte komm zurück..."

Das waren seine Worte, doch sie glaubte nicht mehr daran. Wer seine Frau oder Freundin schlug, besaß einfach keinen Respekt mehr und das nächste mal würde es nur noch schlimmer werden. So ein Benehmen war nicht zu verzeihen und nicht zu tolerieren, wer einmal zuschlug verlor die Hemmschwelle. Sein ewiges hinterher Telefonieren, hinterher Spionieren, dass grenzte schon an Belästigung oder gar Stalking. Überall lauerte er ihr auf, es musste etwas geschehen, sonst würde es noch ein böses Ende geben.

Was Waltraud da meinte, mit der Polizei, dass war eigentlich eine gute Idee und es wäre doch gelacht, wenn ihre „alten" Klassenkameraden ihr nicht zur Seiten stünden.

Ihre Schminke war recht schnell aufgefrischt. Gegen ihre roten Augen konnte Kirsten im Moment nicht viel unternehmen. Ein wenig kühlen das war alles.

Sie zog ihr Haargummi ab, ließ die blonde Pracht fallen, bürstete es gut durch, strich sich den ultrakurzen schwarzen eng anliegenden Faltenmini glatt, dem Spiegel noch ein paar Grimassen zeigen, er zeigte ihr ja auch nichts besonders schönes, dann ging sie wieder nach unten, holte tief Luft und betrat mit neuem Schwung das Restaurant.

Katrin, eine nette Kollegin und gute Freundin stand an der Kasse und sprach mit einem gutaussehenden, groß gewachsenen, dunkelblonden, dabei etwas fremd wirkenden Mann.

Ein paar leise Gesprächsfetzen waren für Kirsten zu erlauschen.

>>Genau, das Pensionszimmer ist noch frei, wie lang möchten sie denn bei uns bleiben? Und wie lautet ihr Name?<<

>>Oh, nicht lang, ein oder zwei Tage, vielleicht werden es auch drei, geht das in Ordnung? Und mein Name... ach ja natürlich. Christoph Dominik Grant...<<

XXX

*N*ach der kleinen Stärkung beschloss ich nun doch meine Sachen aus dem Wagen zu holen, bevor mir mein Zimmer gezeigt wurde. An der überschaubaren Rezeption hinterließ ich meine Kontaktdaten, dann ging ich hinaus. Mit einer großen Tasche und einem kleinem Lederkoffer bestückt, so schlenderte ich zurück und wurde auch schon erwartet.

Eine wunderhübsche junge Frau mit weit über der Schulter fallenden, langen blonden, leicht Korkenzieher gelockten Haaren, begleitete mich, ihre weiße Bluse schenkte mir einen tiefen Blick auf ihren atemberaubenden Brustansatz, dabei wurde das kleine Namensschildchen zur langweiligen Nebensache. Ich schätze ihr Alter auf Ende zwanzig, und die Dame kam mir bekannt vor.

Erst beim zweiten hinsehen erkannte ich, dass es die junge Dame mit den verweinten Augen war, sie trug ihr Haar nun offen, daher erkannte ich sie nicht gleich. Wer vermochte einer so hübsche Frau die Stimmung vermiesen und sie zum Weinen bringen?
Mit ihrem sehr, sehr, sehr kurzen schwarzen Röckchen und den passenden Pumps dazu, wackelte sie vor mir die Treppe hinauf. In Gedanken schlug ich mir auf die Pfoten... doch einen winzigen Hinschieler musste ich riskieren, die Farbe ihres Höschens war gut zu erkennen...

"Himmel... sie hatte nicht nur hübsche Beine... hmmmm, womit habe ich das denn verdient..." dachte ich, lächelte und zwang meine Augen etwas anderes anzustarren...
Als Kavalier, machte man(n) so etwas natürlich nicht... doch eine kleine Ausnahme durfte erlaubt sein.
Oder?

Das Pensionszimmer befand sich im ersten Obergeschoss und ich war von der Größe des Zimmers angenehm überrascht.

Zwei große Fenster, ein geräumiges Doppelbett, ein heller, warmer, flauschiger Teppich war verlegt, ein großzügiges Bad und sogar eine kleine, in Pastelltönen gehaltene Miniküche gab es zu bewundern.

>>Das Frühstück kann ich ihnen gern auf das Zimmer bringen, wenn Sie möchten. Sie müssen mir nur sagen ob und wann Herr Grant.<<

Ihre angenehm klingende Stimme rundete das Gesamtbild dieser hinreißenden Frau vollends ab.

>>Grant... spricht sich mit Ä... also nicht die französische Version und ich sage ihnen gern Bescheid, außerdem Frühstückt es sich zu zweit am besten...<< erwiderte ich mit einem Augenzwinkern, ich konnte es einfach nicht lassen...

>>Hmmm, sie sind mir ja einer... vielleicht... ah...<< die Blonde neigte ihren Kopf ein wenig zur Seite.

>>Und ihrem leichten Akzent nach zu urteilen sie sind Engländer?<< fragte sie.

>>Ja, das stimmt, mütterlicherseits, müde und auf der Durchreise... das Frühstück bringen sie mir trotzdem?<<

>>Selbstverständlich Herr Gränt...<< sie dehnte das Ä... und lächelte verlegen.

>>Moment...<< ich fingerte nach meiner Geldbörse und klappte sie auf.

>>Bitte, das ist wirklich nicht nötig...<< sagte die blonde schnell, dabei warf sie einen blick auf meinen Ausweis.

>>Oh, lese ich richtig? Sie sind von der Kripo?<<

>>Ja, auch das ist stimmig. Ein Fall und einige andere Umstände führten mich in diese Gegend.<<

Mit meiner Antwort war die junge Frau zufrieden. Kirsten war dabei hinaus zu gehen und drehte sich auf dem Absatz um als sie erneut von dem neuen Gast angesprochen wurde....

>>Geht es ihnen eigentlich wieder besser?<< musste ich noch wissen, ihre verweinten Augen ließen mir keine Ruhe.

>>Wie meinen sie das?<< ihre Stirn kräuselte sich und in ihrem Gesicht entstand ein mittelgroßes Fragezeichen.

>>Oh, entschuldigen sie... ich wollte nicht persönlich werden. Ich hoffe sie nehmen es mir nicht übel. Doch sind mir ihre verweinten Augen aufgefallen, ich musste einfach wissen wer so etwas fertig bringt.
Reine Neugier, eben Gewohnheitssache... entschuldigen sie bitte nochmals, vergessen sie einfach die Frage...<< ich winkte ab.

>>Sie brauchen sich nicht zu entschuldigen, und es geht mir wieder besser. Einige Streitigkeiten in der Familie, nichts besonderes.<< erwiderte sie mit gesenktem Kopf und leiser Stimme.

Ich bedankte mich höflich bei ihr und wurde doch noch mit einem reizenden Lächeln belohnt.

Na, so konnte es doch gern weitergehen.

Meine Tasche verstauen, meinen schwarzen, ledernen Waffenkoffer verstecken, Jon Halldurson ebenfalls über meinen Verbleib informieren, und endlich den Staub aus den Poren waschen.

Nach der schnellen Nassrasur, woran heute Morgen in der Eile und Hektik des Aufbruchs einfach nicht zu denken war, ließ ich mir nun die scharfe Klinge und dazu eiskaltes Wasser über das Gesicht laufen.

Das anschließend aufgetragene, herbe Aftershave brannte sich in die Haut, erfrischte dabei richtig gut und wirkte wahre Wunder.

Fertig.

Ein kleines Fläschchen Bourbon lächelte mich an als ich die Minibar öffnete, als wollte sie mir *"Trink mich"* zurufen. Eine zweite Aufforderung brauchte ich nicht. Ein kleiner Schluck gegen den immer noch vorhandenen, pelzigen Geschmack musste erlaubt sein.

Außerdem befand ich mich im Grunde nicht mehr im Dienst.

Muss man denn immer gleich ein schlechtes Gewissen haben? Der Whisky duftete nach rauen Eichenfässern und süßer Vanille, brannte in meiner Kehle wie die grauenvollste Hölle und sagte mir das ich noch lebte. Und das war gut so...

XXX

*I*hre Arbeitszeit war für heute beendet.

Endlich.

Nachdem Kirsten überaus eilig einige Dinge in der Küche erledigte, verabschiedete sie sich herzlich von ihrer liebgewonnenen Kollegin Waltraud, die ihr noch ein *"sei bitte vorsichtig"* hinterher rief. Schnell huschte Kirsten die Stufen zum Obergeschoss hinauf, ging an der Tür des einzigen Pensionsgastes vorbei, als ein Geistesblitz ihr die Idee des Jahrhunderts schenkte.

>>Was las sie noch auf seinem Ausweisdokument... war dieser gutaussehende Herr denn nicht ein Kriminalkommissar... ja genau... warum eigentlich nicht... ich lade mir *"meinen"* deutschen Engländer zu einem Spaziergang ein... als Begleitschutz sozusagen.<< flüsterte Kirsten leise vor sich hin und starrte zur Zimmertür des Reisenden als könne sie hindurch sehen. Sollte ihr "EX" irgendwo lauern, würde er die passende Antwort schon bekommen.

Mit diesen wundervollen Gedanken im Hinterkopf, verschwand Kirsten in eines der nicht belegten Pensionszimmer und zog sich schnell und hastig um.

XXX

"*Ok... schön, auf geht´s und die letzten Sonnenstrahlen genießen*" dachte ich, drehte dabei den klobigen Türschlüssel zweimal nach rechts.

Die ausgetretenen Treppenstufen knarzten beim hinuntergehen. Es roch nach frisch aufgebrühtem Kaffee, frisch gebackenem Kuchen, Bohnerwachs und nach altem Holz. Ein gemütliches Haus und eine überaus angenehme Atmosphäre wie ich fand.

>>Hallo Herr Grant? Herr Grant... warten sie bitte...<<
Ich drehte mich überrascht und auch etwas erschreckt um.

>>Ja bitte?<<

Vor mir stand lächelnd die junge blonde Kellnerin. Sie hatte sich umgezogen. Es ging nicht anders, ich musterte diese Frau schon wieder von Oben bis Unten und es war mir schon beinah peinlich.

Die beige gefütterte, hüft-kurze Jacke stand offen. Ein schwarzer, dünner, sehr enger Stretch-Rolli umschmeichelte ihre wohlgeformten Brüste und schmale Taille, eine knallenge dunkelblaue von Rissen übersäte Jeans, die dadurch viel Haut zeigte und ich mich wunderte wie sie da nur hineingekommen war. Passend dazu trug die junge Dame schwarze knielange Stiefel.

Ihr Parfum, das nach Vanille-Rosen duftete, kitzelte meine Nase, und brachte mein Blut nur noch mehr in Wallung.

Hier stimmte die Chemie, bei mir jedenfalls... so sah man manchen Menschen zum ersten Mal und wusste sofort ob es passte oder nicht.

Diese Frau war unglaublich, sie wirkte auf mich so vertraut, sie verströmte eine Herzenswärme als kannten wir uns bereits eine Ewigkeit.
>>Kirsten, Kirsten Gerber.<< sagte sie mit fester Stimme.
>>Bitte?<< stotterte ich jetzt verlegen.
>>Das ist mein Name... Kirsten Gerber.<<
Sie reichte mir ihre Hand. Weich und angenehm fühlte sie sich an, ein sanfter Druck.

>>Miss Gerber, ja natürlich, ich bin ein wenig überrascht, meinen Namen kennen sie ja bereits. Was haben sie auf dem Herzen, was kann ich für sie tun?<< Nach einem Räuspern nahm meine Stimme einen festeren Ton an.
>>Nennen sie mich doch bitte Kirsten... nun, meine Schicht ist vorbei, eigentlich hatte ich gehofft, sie begleiten mich ein Stückchen auf meinem Nachhauseweg...<<

>>Ähämm<< Ich musste mich erneut räuspern und versuchte die Situation einzuordnen.
>>Also... sie... dich Begleiten? Dein Vertrauen ehrt mich... ja, aber warum eigentlich nicht. Natürlich gern. Und du sagst bitte Chris zu mir. Meine Freunde nennen mich so, Christoph ist etwas zu lang.

Tja dann... also das Kloster wollte ich mir ursprünglich ansehen. Ein kleiner Spaziergang an der frischen Luft, wer kann dazu schon nein sagen...<< ich lächelte sie an und ihre Augen funkelten ein befreiendes „Gott sei dank" zurück.

>>Das hört sich doch fantastisch an. Also gut... dann mal los, gehen wir.<<

Kirsten hakte mich entschlossen unter und zog mich mit sich. Vor Überraschung war ich nicht in der Lage Widerstand zu leisten, ließ mich aber sehr gern von dieser reizenden Frau „Abschleppen".
Der Weg führte uns durch den immer noch gut gefüllten Gastraum. Kirstens Kolleginnen starrten uns an, als wären wir zwei Geister auf Urlaub. Die ein oder andere neugierige Frage ließ sicher nicht lang auf sich warten.

Wir gingen über den Marktplatz, überquerten die Straße an der Fußgängerampel, dass war auch besser so, denn der weitere Verlauf der engen Fahrbahn war von unserem Standort nicht einzusehen und verschiedene Fahrzeuge brausten mit hohem Tempo an uns vorbei, Feierabendverkehr... mal wieder... also warteten wir brav auf Grün...
Die hohen Klostermauern waren jetzt nur noch wenige lange Schritte entfernt.

>>Ich bin sehr oft hier. Es ist ein Ort zum verweilen. Der Forst erstreckt sich sehr weit.

Mehrere Fischteiche gibt es, einen verwunschenen Bachlauf, sogar Überreste einer alten Burg sind zu bestaunen, eben ein Naturparadies und zu allen vier Jahreszeiten eine wundervolle Märchenwelt...<< durchbrach Kirsten unser eisiges schüchternes Schweigen.

>>Das glaube ich dir, ein Hauch Entspannung und Ruhe kann ich nach den zurück liegenden Tagen sehr gut gebrauchen.<<

Es war angenehm und irgendwie vertraut neben dieser Frau zu gehen. Von der Größe her reichte sie mir knapp bis unter mein Kinn.

Die Absatzhöhe einmal abgezogen, müsste Kirsten demnach so knapp Einmeter-sechzig groß sein.

Ihr Rosen- Vanille- Duft wirbelte durch die Luft umfing mich, legte sich tanzend um meine Hirnwindungen, lähmte sie und weckten verborgene Sehnsüchte... es kitzelte angenehm wohlig in meiner Nase bei jedem meiner Atemzüge.

Kein anderes Parfüm würde besser zu ihr passen, es unterstrich das Gesamtkunstwerk der fantastischen Komposition dieser Frau in beispielloser Weise, diese Tatsache unterschrieb ich gern. Wir gingen sehr langsam, so war es mir möglich die Umgebung gut zu erspähen, es gab noch etwas anderes was hier erledigt werden sollte, aber das war doch so weit entfernt...

>>Hast Du keine Verpflichtungen, das Du mich herumführen kannst? Ich möchte dir natürlich nicht zu nahe treten... aber wenn du die Frage gestattest...<<

Sprach ich sie an. Kirsten schaute mit ihren hübschen blauen Augen zu mir hoch und kräuselte ihre Stupsnase.

>>Nein, nein... habe ich nicht. Ich bin allein, habe keine Kinder und wohne jetzt wieder bei meinen Eltern auf dem Hof. Dort gibt es eine kleine Einliegerwohnung. Natürlich, es gab eine Beziehung, ja... doch leider ist sie zerbrochen, dass ist nun beinahe ein Jahr her.

Und keine Angst, ich führe nicht jeden Gast spazieren... ehrlich gesagt, bist du der erste... aber einem Frankfurter Oberkommissar werde ich wohl vertrauen können...?<< sprudelte es aus ihr heraus...

>>Na da bin ich doch beruhigt... und muss nicht eifersüchtig sein... und du kannst mir natürlich vertrauen.< scherzte ich entspannt, lächelte und sah ihr direkt in die Augen... ganz tief in diese wundervollen Augen... dieses Blau... ich erkannte dunkelblaue Schlieren darin, die im sanften Schwung um ihre Pupillen kreisten. Was war es doch für ein fantastische Blau...

Kirsten gab mir einen sanften Knuff in die Seite... uups... So rettete sie mich vor dem Ertrinken...

Genau die richtige Stelle traf sie, jetzt wusste ich wieder wo meine malträtierten Rippen waren...

Ich verzog kurz mein Gesicht, wischte mir mit dem Handrücken über meine Augen.

>>Ja, die Eifersucht...<< nahm sie das Gespräch wieder auf...

>>Das war wohl einer der Gründe warum es zerbrach... also die Beziehung, ist eine lange Geschichte. Gewalt... und so weiter, aber ich möchte dich nicht langweilen...<< Ihre Stimme wurde traurig und ich versuchte sie wieder aufzuheitern, abzulenken.

>>Dann gibt es viel zu erzählen, und ich freue mich auf ein zweites Spazierengehen...<<

>>Glaube mir Chris, ich würde mich auch über ein Wiedersehen freuen...<< hauchte sie...
Ihre Worte klangen wie ein süßes Versprechen.

Wir schlenderten weiter.
Eine gewaltige Hinweistafel vor dem Klostertor verwies auf die anstehende achthundert-fünfzig Jahr Feier des Klosters und die dafür erforderlichen Bauarbeiten. Da gab es mit Sicherheit eine riesige Menge zu tun.

Nachdem wir das Klostertor mit der Frauenkapelle passiert hatten atmete ich durch, eine wunderbare Luft, die ein wenig feucht schmeckte und diesen gewissen Hauch von Geschichte mitbrachte und da war noch etwas anderes... etwas eigenartiges, seltsames...

>>Sag mal Kirsten, hast du auch etwas gespürt als wir durch das Steintor gingen?<< ich warf einen kurzen Blick zurück zum Tor und danach sah ich fragend die blondhaarige Frau neben mir an.

>>Nein... nicht wirklich... aber ich weiß was du meinst, es gefällt mir mit dir... wenn du **„das"** meinst...<< antwortete sie und schmiegte sich noch enger an mich.

So hatte ich es eigentlich nicht gemeint, ging aber nicht näher darauf ein, dass was sie da machte war wunderbar, ich spürte ihren weichen Körper an meiner Seite, meinte ihre Wärme zu fühlen...

Doch etwas störte mich. Wir gingen durch das Tor und Kirstens Stimme drang plötzlich und für Augenblicke wie durch Watte an meine Ohren, ich fühlte mich beschwingt und leicht, es war kaum zu beschreiben... einer Droge gleich.

Ich schluckte ein paar Mal, doch davon wurde es nicht wirklich besser. Ich hörte nur ihre Stimme, kein anderer Laut war fortan zu hören, wenn man es genau nahm, war überhaupt nichts zu hören. Keine anderen Töne, kein Verkehrslärm, kein Flugzeug am Himmel, kein Vogelgezwitscher, nicht einmal ein Windhauch streichelte mein Haar, nichts spürte ich.

Die Luft dagegen roch würzig und immer intensiver nach frisch gemähtem Gras, Stroh und Heu, wie auf dem Marktplatz vorhin.

Der wolkenlose Himmel, dazu das Farbenspiel dieser untergehenden Sonne, man geriet ins Schwärmen angesichts dieser fantastischen Szenerie. Allmählich verschwand das taube Gefühl. Für eine kurze Sekunde dachte ich an Frankfurt... nein nein, dass war jetzt kein Vergleich.

Ich schloss meine Jacke, trotz der letzten Sonnenstrahlen wurde es Kühl.

Kirsten fröstelte ebenfalls spürbar und mit äußerster vorsichtig legte ich meinen Arm um sie... was mit einem entwaffnenden Lächeln quittiert wurde.

>>Wenn ich zu forsch bin dann tritt mir auf den Fuß... oder ans Schienbein.<< flüsterte ich in ihr Ohr.

>>Nein... ist schon ok... es ist alles genau wie es sein soll...<< maunzte Kirsten wie ein schnurrendes Kätzchen leise zurück, drückte sich noch fester an mich.

Sie streichelte sanft meine Hand, es war wie eine Narkose, mein Nervenzentrum wurde betäubt, entspannte sich völlig, nur dieses merkwürdige Gefühl in der Magengegend das hier vielleicht einiges Faul war, wollte nicht weichen.

Oder doch alles nur Einbildung? Machte ich mittlerweile aus jeder Mücke einen Elefanten?

Das Ganze kam mir surreal vor, einfach unglaublich...

War das hier ein Traum... oder ein wahr gewordenes Märchen...??? Schlief ich noch?

Ich konnte nicht mehr richtig denken, und hatte auch keine wirkliche Lust dazu... fügte mich willig „dem" was mit mir geschah und lies mich einfach fallen, verfluchte den Alltag...

Wir gingen wie in Trance langsam weiter. Ich musterte die Klosterkirche ausgiebig, sie wirkte irgendwie beruhigend auf mich. Das Kirchengebäude selbst wurde auch von außen aufwendig renoviert.

Das riesige, mit einem grünen Fangnetz umspannte, graue Stahlgerüst dagegen wirkte wie ein Fremdkörper, gewaltig und bedrohlich. Bei den kompliziert auszuführenden Bauarbeiten und Ausbesserungen am Dach natürlich ein willkommenes Hilfsmittel. Trotz der Einrüstungen war alles sehr gut zu sehen. Hoch über der Kirche thronte der Dachreiter. Schönes altes Gemäuer, hübsch anzusehen.

>>Wundervoll oder? Ich liebe diese Fabelwesen...<<

>>Von hier unten schlecht zu erkennen, aber sehr beeindruckend, in der Tat...<<

>>Kennst du den Grund, warum man sie nur außen anbaute?<< mochte Kirsten von mir wissen.

>>Naja, in der Kirche regnet es nicht... oder selten...<< ein schelmisches Grinsen huschte über mein Lippen.

>>Ja klar...<< ihre vollen Lippen formten ebenfalls ein Lächeln und tippte sich mit dem Zeigefinger an die Stirn.

>>Aber da ist noch etwas anderes... da sie sich als Wasserspeier ausschließlich an der Außenfassade der Kirchen und niemals innen befinden, symbolisieren sie den Einfluss des Teufels auf die irdische Welt, der in Kontrast zur Reinheit des Himmelsreiches symbolisiert durch das Innere der Kirche steht. Diese wasserspeienden Wesen werden Gargoyles, auch Gargylen, genannt und haben den Ruf Beschützer zu sein.<< Kirsten sah mich an, zog ihre perfekt gezupften Brauen hoch.

>>Das wusste ich nicht, woher weißt du das alles?<<

>>Diese Dinge interessieren mich einfach...<<

Der Eingang zur Klosterkirche selber, war verschlossen.

>>Möchtest du hineingehen? Wegen den Bauarbeiten ist nur die Nebentür geöffnet. Wir können uns den Kreuzgang und Lesegang ansehen wenn du magst...<<

>>Ja, kurz hineinschnuppern vielleicht, später kannst du mir bei einem größeren Rundgang den ganzen Rest zeigen, ich würde mich freuen.

Die Sonne geht bald unter und den Forst möchte ich mir daher zuerst ansehen.<<

>>Ist ok...<< Kirsten nickte zustimmend.

Der große messingfarbene, leicht geschwungene Türgriff, fühlte sich unnatürlich kalt an. Die sehr gut geölten Scharniere der Nebeneingangstür gaben beim öffnen keinerlei Laut von sich. Wir durchschritten einen dick verputzten, weiß gestrichenen Durchgang und fest aneinander geklammert stiegen wir mehrere graue Steinstufen hinab, betraten sodann den Kreuzgang des Klosters.

Ich erschrak... denn Kirstens Stiefelabsätze hämmerten laut und bei jedem Schritt auf den ausgetretenen Steinstufen und zerrissen beinahe diese würdevolle Stille, ich kam mir vor wie ein Fremdkörper, wie ein Eindringlich und Störenfried.

Zu meiner rechten unterbrach eine breite, hohe Glasfront den Kreuzgang. Die Bibliothek mit ihren alten und neuen Schätzen brachte man dort unter.

In dem aufgeschlagenem Kondolenzbuch, was auf einem Glastresen ruhte, verewigte ich mich mit ein paar netten Zeilen.

Die reich verzierten Fliesen in der Mitte des langen Ganges stammten wohl aus der Zeit vor 1500, wie Kirsten mir beschrieb.

Man mochte sie daher kaum betreten.

>>Den Kapitelsaal musst du dir auch ansehen und natürlich den Innenhof. Hier halte ich mich am liebsten auf.<< Kirsten zog mich mit sich.

Der vom Kreuzgang umschlossene Innenhof beeindruckte mich am meisten. Keine Geräusche, eine vakuumverpackte Stille, die Oase der Tonlosigkeit.

Eine Wohltat für die Ohren und ein Lebensquell für jeden Großstädter.

Aber war das normal?

>>Kein Wort soll hier früher gesprochen worden sein, dass Gleiche galt auch für den Kreuzgang selbst. Nur Handzeichen waren *"erlaubt"* und so unterhielt man sich eigentlich doch, nur eben stumm.<< Kirsten dozierte weiter.

>>An einer bestimmten Stelle des Kreuzganges wurde jeden Abend zum Sonnenuntergang durch den Abt oder Prior, die sogenannte „Väterlesung" abgehalten. Daher auch der Name "Lesegang"... hörst du die Stimmen?<< Kirstens Flüsterton war kaum zu vernehmen.

Für einen Moment beschlich mich das Gefühl, ich hörte wirklich etwas... und wieder ein Schauer der mich erfasste.

Wir gingen zurück. Eine kleine Anekdote brachte meine Begleiterin noch zum Besten.

>>Direkt gegenüber der Tür zum Klosterinnenhof gab es einen dunklen Gang mit Tonnengewölbe. Der sogenannte Donnergang.

Er habe seinen Name vermutlich daher erhalten, dass der Abt Molanus in späteren Jahren seines Lebens eine große Furcht vor Gewitter entwickelte und sich dort Schutz vor Donner und Blitz versprach, sich also immer hier her flüchtete. Andere meinen, der Name komme daher das es der Gang zum Schiethus des Klosters, also den Toilettenanlagen des Klosters gewesen sei.

Die wissenschaftlichen Untersuchungen hierüber wären wohl noch nicht ganz abgeschlossen...<< ihr betörendes Lachen hallte durch den Kreuzgang.

Gotteshäuser hatte ich im laufe der Zeit schon viele gesehen. Einige davon in prachtvollem spätbarockem Stil und meiner Meinung nach viel zu überladen.

Diese Klosterkirche hier war wie ein Fels in der Brandung. Strahlte Ruhe, Frieden und Wärme aus, ein Zufluchtsort, sie gab einem das Gefühl willkommen und zu Hause zu sein.

Kein übermäßiger Prunk, eher schlicht gehalten. Leider konnte ich mir nur einen Teil ansehen.

Eine gewaltige Holzwand, wohl den Renovierungsarbeiten geschuldet, spaltete die Kirche in zwei Teile auf.

Nachdem wir uns eine Zeit lang still umgesehen hatten, überfiel mich schlagartig eine nicht weiter zu erklärende gewisse innere Unruhe.

Etwas zwang mich wie von Geisterhand gezogen zu gehen, als ob jemand flüsternd meinen Namen rief. In meinen Ohren klingelte es, ein ziehen im Nacken kam dazu, noch einmal ein kalter Hauch der über meinen Rücken fuhr...

Ich gab Kirsten ein Zeichen das ich gehen wollte und wir verließen die Klosterkirche über den Kreuzgang. Die Tür schwang leise ins Schloss.

>>Tut mir leid Kirsten, ein beklemmendes Gefühl hatte mich gepackt, kein Ahnung was das war. Lass uns doch später noch einmal hineingehen.<<

>>Nicht schlimm. Ich hab ja schon alles gesehen, mehrmals sogar, für dich gibt es noch viel zu entdecken. Verschieben wir es eben.<<

Damit war ich einverstanden, nickte zustimmend und sah mich noch einmal hektisch um. Etwas unsichtbares, nicht greifbares beobachtete uns, davon war ich fest überzeugt... gab es hier doch etwas geheimnisvolles?

Den Arm fest um Kirstens Hüfte gelegt, gingen wir schließlich schweigend und verträumt weiter.

Zum Klosterbackteich stand auf der nächsten Hinweistafel.

Bis zum Teich sollte es nicht weit sein. Der Weg dorthin sah verwunschen aus und führte uns am alten Konventshaus und den Unterkünften der Seminarteilnehmer vorbei. Auf dem Weg zum Backteich steuerten wir noch ein großes, altes Gemäuer an.

Die Zehntscheune oder auch Pilgerscheune, wohl aus dem dreizehnten Jahrhundert, auch liebevoll Elefant genannt, höchstwahrscheinlich der beeindruckenden Größe wegen.

Ein fünf Stockwerke aufragendes Gebäude. Klobige Sandsteinmauern gaben der „Lagerhalle" Schutz und Standhaftigkeit, so überstand es die Jahrhunderte mühelos.

Die *"Zehntpflichtigen"* Landwirte des hiesigen Stiftsbezirks waren gezwungen hier ihr Getreide für die Kirche abzugeben, die sogenannte „Zwangsabgabe".
In der damaligen Zeit ein übliches Prozedere. Selbst der Herr Jesus hielt an der Abgabe fest, um arme Mitchristen und arme Gemeinden zu unterstützen. Jesus prangerte nicht das „Ob" sondern nur das „Wie" der Verteilung an. Liebe, Barmherzigkeit und Gerechtigkeit sollten im Vordergrund stehen. Nur der Apostel Paulus zog hier die freiwillige Abgabe der „Zwangsabgabe" vor, so steht es geschrieben im neuen Testament.

Das Eintreiben der „Steuer" oder eben dem „Zehnten" überließ das Kloster im Jahre 1829 jemand anderem.

Verpachtet wurde der „Zehnte" an Friedrich Lohe, dem damaligen Eigentümer des Freihofs zu Koberg. Fortan hatten also die Klosterherren nicht mehr die Last mit dem Eintreiben der „Zwangsabgabe" bei den Bauern, sondern überließen das einem Mann aus dem Dorf. Lohes Schaden war diese Regelung keinesfalls, auch wenn vorstellbar war, dass er als „Steuereintreiber" des Klosters seinen Beliebtheitsgrad innerhalb der Bevölkerung des Dorfes nicht gerade steigerte. Der Kobergsche Hof besaß auch Braurechte.

Der gute Wilhelm Busch soll ein guter Gast gewesen sein. So besuchte er oft seine Neffen, Hermann und Otto Nöldeke, die im Predigerseminar des Kloster das Pastorenhandwerk lernten und meist endete eben dieser Besuch in „Klosters Kneipe".

Kirsten gab mir abermals bereitwillig Auskunft und überraschte mich ein weiteres Mal mit ihrem Wissen um das Kloster und auch der Bibel, nur gut das sie mich zum Spaziergang überredete.

>>Ich langweile dich bestimmt zu Tode... oder?<<
>>Nein nein, auf keinem Fall, deine Ausführungen sind sehr informativ, keinesfalls langweilig... aber, es hat doch etwas von einer Museumsführung...<< ich fing an zu lachen, Kirsten stupste mir erneut ihren Ellenbogen schmerzhaft in die Seite, dass hatte ich wohl verdient.

Der schmale Weg wartete auf uns, er führte uns direkt zur Rückseite des „Elefanten" und dann daran vorbei.

Wir schritten über altes, unebenes Kopfsteinpflaster mit tiefen vom Regen ausgewaschenen Rillen. Hier verströmte das Gemäuer der Zehnscheune einen muffigen pilzigen Geruch und es glitzerte feucht. Die Sonne hatte keine Chance die Mauern von dieser Seite her zu trocknen.

Kirstens Stiefel mit diesen hohen Absätzen waren nicht gerade zum wandern auf diesem Untergrund geeignet. Und prompt kam der von mir „erwartete" Stolperer.

>>Hoppla... hui... danke Chris... da wäre ich doch beinahe... das ging gerade noch mal gut, ich bin so ungeschickt, so ein Schussel... da hätte ich doch für unseren Rundgang anderes Schuhwerk anziehen sollen...<<

So gerade eben noch war ich in der Lage Kirsten vor dem Schlimmsten zu bewahren und aufzufangen.

Selbst ihr Haar, was ich bei Kirstens *"Rettungsaktion"* in den Mund bekam, schmeckten irgendwie wunderbar nach Rosen.

>>Und sag, wie gefällt dir eigentlich was du siehst... und was ich dir die ganze Zeit präsentiere...<< fragte Kirsten und versuchte ihre Frisur zu richten.

>>Ich bin einfach überwältigt von der Anmut, der Grazie, der atemberaubenden Schönheit... und der Wald gefällt mir natürlich auch.<<

Ein Grinsen konnte ich mir wieder nicht verkneifen.

>>Chris du Charmeur... hoffentlich gehst du nachher mit mir Essen... wir haben hier zwar kein Gourmet Restaurant aber du wirst bestimmt satt, das verspreche ich dir...<<

>>Danke für das Angebot, dass nehme ich natürlich gern an. Und keine Angst, ich verkehre nicht ständig in einem dieser Frankfurter edel Fresstempel... fürstliche Gehälter werden bei der Kripo auch nicht gezahlt...<<

>>Apropos Kripo... was machst du genau?<< wollte Kirsten wissen bevor wir weiter gingen.

>>Ja, was mache ich dort genau... hmm... ist mit zwei drei Sätzen nicht so einfach zu erklären. So gesehen, werden von meinem Team und mir Fälle bearbeitet an denen sich keiner herantraut, mysteriöse Geschichten. Fällt schon ins paranormale, übersinnliche Phänomene, damit habe ich dir eigentlich schon zu viel erzählt. Ist nicht leicht zu beschreiben.<<

>>Übersinnliche Phänomene... jagst du etwa Geister, Gespenster? Etwa Akte X... Scully und Mulder?<< Kirstens Augen wurden groß.

>>Wie gesagt, nicht einfach zu erklären, es sind eben unnatürliche Begebenheiten. Später mehr davon.<<

>>Na gut, dann will ich dir das mal glauben...<<

>>Und du bist nicht die Tochter vom Chef?<< fragte ich mit einem, meiner Meinung nach, etwas zu neugierigen Unterton.

>>Hmmm, nein, nicht mehr. Meine Eltern haben das Cafe` verkauft. Nach dem Beziehungsende bin ich von Hannover weg und habe wieder angefangen im Verkauf zu arbeiten. Meine Eltern kümmern sich nur noch um etwas Landwirtschaft und ein wenig Vermietung. Ist kein großer Betrieb aber es reicht. Was ist eigentlich mit dir? Wie sieht dein Privatleben aus... gibt es da jemanden?<<

>>Du bist sehr direkt, das finde ich gut... aber nein, zur Zeit gibt es niemanden. Ich habe sehr gute Freunde, eine sehr gute Freundin aus dem Büro... wir verstehen uns fantastisch, aber soweit ich weiß ist sie nur den Damen zugetan... meine Güte... wir kennen uns eine halbe Stunde und wir plaudern hier aus dem Nähkästchen...<< wir lachten gemeinsam.

>>Erlaubst du noch eine Frage? Sie ist selbstverständlich **nicht** erlaubt, dennoch, würdest du mir dein Alter verraten?<<

Auch mit dieser Frage lehnte ich mich sehr weit aus dem Fenster, aber irgendwie waren sämtliche Hemmungen auf wundersame Weise verschwunden.

>>Chris, dir verrate ich doch alles... hmmm... fast alles... Ich bin zweiunddreißig Jahre alt oder jung, wie du möchtest...<<

>>Oha... da habe ich dich wohl sieben Jahre jünger gemacht...<< säuselte ich.

>>Und uns trennen „nur" neun Jahre... eine kleine Ewigkeit...<< schob ich schnell hinterher.

>>Danke für dein Kompliment... du bist ein lieber Schatz... und die paar Jahre sind zu verkraften...<<
Kirsten nickte bestätigend und hakte sich wieder ein.

 >>Komm alter Mann... du musst mich jetzt dolle festhalten...<<

 >>Sag einfach Opa zu mir... aber nichts lieber als **„Das...“** ich werde dich schon halten... keine bange...<
Noch etwas fester drückte ich sie an mich, spürte ihre verführerischen Kurven.

 Meine aufregende Begleitung legte ihren Kopf an meine Schulter, ihr Haar duftete immer noch himmlisch...

 Wir gingen ein paar Meter weiter auf dem holprigen vom Regen ausgespülten Untergrund. Kirsten humpelte anfangs etwas, hatte sich wohl doch den Fuß leicht verdreht und es schmerzte beim auftreten. Jetzt bogen wir rechts ab, unterquerten einen alten steinernen Torbogen und der Klosterforst lag nun direkt vor uns.
Er sah aus wie eine undurchdringlicher Urwald einem Dschungel gleich, präsentierte sich dank der untergehenden Sonne in den schönsten Farben... was ich sah, war grandios und wunderschön...

XXX

Geheimnisvoll.

Hoch aufragende alte Bäume, knorrige, dicke Stämme, die ihr feines, dicht mit buntem Laub bewachsenes Geäst, gierig nach Licht lechzend, den letzten Sonnenstrahlen entgegen streckten.

Ich ließ meine Blicke schweifen. Das Farbenspiel der im Herbst sterbenden Blätter veränderte sich täglich aufs neue, einfach fantastisch.

Und dann nicht weit entfernt dieser Teich, schon mehr ein kleiner See, umrahmt von den wohl ältesten Eichen des Klosterforstes, voller, teils immer noch blühender Seerosen. Wunderschön lag er da, wie in Acryl gemalt, mit einer kleinen karg bewachsenen Insel in der Mitte. Romantisch spiegelte sich die orange-rote Sonne auf dem Wasser. Farbige Lichtreflexe blendeten mich wenn ich hineinsah... Libellen tanzten verspielt über der Wasseroberfläche.

An solch einem Ort wurden Elfen geboren, fanden Feen ihr Zuhause, hier besaß das Böse keine Chance.

>>Das ist wahrlich ein Ort zum verweilen...<< sagte ich leise.

>>Habe ich dir doch gesagt, mein lieber Chris. Etwas verwirrt bin ich, hatte nicht mehr in Erinnerung, dass der Wald so dicht war... obwohl ich hier vorgestern spazieren gegangen bin, egal... komm wir setzten uns. Mein Knöchel schmerzt wie die Hölle und du musst sofort erste Hilfe leisten.

Später brauche ich dann eine liebevolle Massage und einen kühlen Verband... und...<< Ein verstohlener Blick von der Seite und ein warmes Lächeln huschte abermals über ihre wunderschönen Lippen.

>>Und? Und was noch? Sag schon...<<

>>Und ein paar Streicheleinheiten, dass soll Wunder bewirken... so hörte ich...<<Ihre Lippen verzogen sich zu einem Schmunzeln.

>>Da brauchst du mich nicht zwei mal bitten, dass übernehme ich sehr sehr gern... ich besitze heilende Hände...<< versprach ich ihr.

Zwei kleine Holzbänke, direkt am Ufer des Sees, luden zum ausruhen ein.
Kichernd, turtelnd wie zwei frisch verliebte Teenager setzten wir uns und holten tief Luft. Kirsten saß zu meiner linken Seite und legte nun ihren Kopf wieder an meine Schulter, dreht ihn etwas und sah zu mir auf. Ihr Blick saugte sich an meinen Augen fest, eine süße Bitte stand darin zu lesen... ihre sinnlichen Lippen öffneten sich einen winzigen fordernden Spalt.
Ich konnte, ich wollte nicht widerstehen. Unabwendbar zog, drückte, presste uns die Gravitation ferner Universen zusammen und so näherte ich mich unaufhaltsam ihrem Mund... so weich... so furchtbar weich... samtig sanft, voller gewaltiger Gefühle, mein Blick verschwamm, wir wurden Eins... nichts sollte uns mehr trennen...

Dieser kleine Kuss raubte mir den Atem, verschlang meine Seele, setzte mein Herz in Brand...

Ich hielt die Luft an, um nicht zu ertrinken, vor lauter Hingabe und Leidenschaft.

Alle Sorgen wurden hinweg gespült in den unendlich tiefen Ozean des Vergessens... wie vertraut das doch alles war... in dieser kurzen Zeit... unfassbare, pure Magie...

Überfiel mich die Liebe? Oder nur eine lang vergessene, doch heiß ersehnte Verliebtheit? Es gab keine passende Antwort auf diese Frage. Liebe war eine Krankheit... und Liebe war unheilbar...

Eifersucht... eine heiße Woge der Eifersucht überspülte mich... jemand anderes tat ihr weh... Kirsten war mit jemand anderem zusammen... das durfte nicht sein, niemand durfte Kirsten berühren...

Hin und her gerissen... als trüge ich die Last der weinende Traurigkeit einer Ganzen Welt, dann wiederum das Horizont-ferne strahlende Glück einer ganzen Menschheit...

Doch was empfand Kirsten? Was dachte sie, ähnlich wie ich?

Ich würde alles wegwerfen, alles aufgeben um in der Zukunft bei ihr zu sein, *für immer und ewig*...

Wir saßen einfach da, ließen es geschehen, hielten aneinander fest, kein Mensch störte uns.

 Seid dem Klostertor, bis zu diesem Ort hier, jeder Schritt ließ mich mehr und mehr entspannen.

 So brachte mich der Weg an einen Punkt den ich schon immer herbei sehnte... und war doch nicht in der Lage ihn zu beschreiben...

 Wieder drang keinerlei Geräusch an mein Ohr, das rascheln der Blätter, plätschern im Teich? Nichts.... Konnte **"Das"**sein?
 Es sollten doch reichlich Spaziergänger unterwegs sein, bei diesem wundervollen Herbstwetter. Verwunderte mich schon etwas mehr, als ich zugeben mochte... doch auch wenn ich wollte, ich hatte einfach nicht die Kraft dagegen anzugehen oder etwas zu unternehmen.
 Mir Gedanken über so unwichtige Dinge zu machen, nein... denn die wichtigeren Dinge lagen neben mir.
Ein gefühlvoller und doch gewichtiger Liebeszauber lastete bleischwer auf meinen Gedanken, undurchdringbar...
 Kirsten hielt ihre Augen geschlossen, ihre Brust hob und senkte sich, hörte ihren sanften Atem. Ihr blondes Haar veränderte die Farbe, leuchtete nun tiefrot in den Strahlen der untergehenden Sonne.
Meine Augenlider sanken ebenfalls herab und ich seufzte dabei ausgiebig.

Wenn mir jetzt jemand ein Abo andrehen wollte, so hätte er großen Erfolg gehabt, ein Kinderspiel für die Drückerkolonne... das war Entspannung pur.

So langsam bröckelte die angestaute Anspannung von mir ab und die angestaute Müdigkeit flog auf mich zu.

Mir von meiner Begleiterin die komplette Klosterkirche zeigen lassen oder mich einer Führung anschließen, später... viel später... erst einmal genoss ich es, diese Frau in meinem Arm zu halten und einfach nur in den Moment abzutauchen, zwei Herzen im Gleichklang.

Der Grund meines Hierseins war Meilenweit entfernt. Was wollte ich hier noch?

Wir fielen, für unzählbare Minuten, die mir wie ein halbes Leben vorkamen, in einen zuckersüßen Halbschlaf...

Irgendwie oder von irgendetwas wurde ich aus meiner traumlosen Zuckerwattewelt gerissen. Die grell scheinende Nachtsonne zupfte bereits an den höchsten Baumwipfeln.

Wie lang hatten wir geschlafen? Neben mir bemerkte ich eine Bewegung, ein Schatten... ein Luftzug streifte mich.

Ein Singsang...

„dem Leben entrissen im Tode vereint, auf ewig zusammen und niemals entzweit...“

So wisperte eine helle Stimme wie aus dem Nichts.

Und plötzlich ging alles sehr schnell...

XXX

*E*ine Person sprach mich mit recht dunkler, dennoch fraulicher Stimme an.

>>Hallo junger Mann, gefällt euch der See?<<

Zwei Dinge passierten gleichzeitig.

Mich überkam das Gefühl mein Talisman, der in der linken Hosentasche steckte, hatte vor mein Bein zu verbrennen, und ein ekliger Gestank zog in meine Nase, irgendetwas roch sehr unangenehm moderig.

Dann diese alles verzehrende Kälte...

Ich öffnete sofort meine Augen, spürte Kirsten an meiner linken Schulter, hörte ein dumpfes Schlaggeräusch, meine blonde Begleitung zuckte heftig zusammen und dann sah ich nach rechts.

Dort saß noch jemand... eine Frau? Schön dachte ich, nur wie sie aussah musste diese Frau oder was immer es auch war, seit einigen Jahren tot und begraben sein...

Ihr Knochenschädel mit der sehr spärlichen Behaarung darauf schien zu leuchten. Die leeren Augenhöhlen glotzten mich an, ich meinte zwei rote Punkte tief im inneren zu erkennen.

Ein weiterer Schauer überfiel mich sofort, eine Geisterhand schnürte meine Kehle zu, ich wollte antworten... doch dazu sollte es nicht mehr kommen.

Etwas traf meinen Hinterkopf...

Sieben, Acht, Neun...

Aus.

XXX

Vergangenheit.

*M*arianne hatte es endlich geschafft.

Sie war für heute mit ihren Aufgaben im Haushalt fertig und bekam die mütterliche Erlaubnis, sich für eine Stunde mit ihrer besten Freundin Anni zu treffen. Es war Wochenende und mit ihren fünfzehn Jahren durften die beiden sich nur unter der Bedingung draußen etwas länger aufhalten, wenn sie sich in der Nähe des Hauses aufhielten. Die dunkle Jahreszeit begann und zur Zeit gastierten viele Fremde im Dorf. Erntehelfer und eine Menge Fremdfirmen mit ihren Heerscharen von Bauarbeitern, für die Erneuerung der Kirche.

Die Sonne ging bald unter und nur im Haus sitzen, dass war natürlich nichts. Außerdem, Mutter würde bestimmt noch etliche weitere und unaufschiebbare Aufgaben für Marie finden, die selbstverständlich sofort erledigt werden mussten. Also nichts wie weg. Im Dorf gab es immer etwas zu bestaunen, zu beschnuppern, zu erleben.

Das größte Ereignis war natürlich die achthundert Jahr Feier im Kloster.

Ihr Vater hätte sie zu dieser fort-gerückten Stunde sicher nicht mehr gehen lassen.

Doch er kam bestimmt erst sehr spät nach Hause, eigentlich wie immer. *"Die Felder bestellen sich nicht von allein..."*sagte er stets.

Bei ihrer Mutter war es für Marie etwas einfacher, in puncto Ausgangsregelung jedenfalls.

Noch ein wenig im Haus helfen, lieb Tochterlächeln, süß mit den Augen klimpern... das half in den meisten Fällen außerordentlich gut.

Ihre langen kupferroten Haare band Marianne geschickt und ungemein kunstvoll zu einem Zopf zusammen.

Sie zog ihren dunkelbraunen Baumwollmantel über, der gut zu ihre beigefarbene Baumwollstrumpfhose passte. Den leichten, hellgrünen Lieblingsschal umgeworfen und so lief sie hastig, und schon beinahe fluchtartig aus dem Haus.

Marie und Anni verabredeten sich wie immer am Klostertor, dort war ihr lieblings- Treffpunkt.

Eine Gänsehaut überkam Marie immer wieder wenn sie daran dachte, dass es vor dem Tor vormals eine Richtstätte gab. Nicht wenige Bösewichter wurden hier auf übelster Weise gezüchtigt und zur Schau gestellt, ob Frau, ob Mann, da gab es kein Pardon.

Ekelhaft, Grauenhaft...

Von dem oft genutzten Pranger, auf der anderen Seite der Frauenkapelle, waren noch die Eisenringe zu sehen.

Die Vorbereitungen für das Fest liefen bereits auf Hochtouren und auch hier wurde oft bis spät abends, fleißig gewerkelt.

So ein Jubiläum Feierte man schließlich nicht alle Jahre.

Selbst der alte Kaiser Wilhelm, stattete dem Kloster einen kurzen, dennoch intensiven Besuch ab aber das war bereits eine gefühlte Ewigkeit her.

Neunzehnhundert dreizehn, zur siebenhundert fünfzig Jahr Feier.

Einen Tag soll seine Majestät sich aufgehalten haben. Angereist war er mit seinem halben Hofstaat und seinem eigenem Klo, Marie kicherte als sie es sich bildlich vorstellte.

Die vielen Gärten und Wiesenflächen richtet man ordentlich her.

Bäume, Sträucher, Büsche wurden geschnitten. Die vielen Wege verschönert und allerlei Dekoration aufgebaut. Hastig lief Marie über feucht glänzendes Kopfsteinpflaster auf das große Steinbogentor und ihre ungeduldig wartende Freundin zu, die hinter einem der dicken Steinpfeiler hervortrat.

>>Hallo Anni<< rief Marianne mit atemloser Stimme.

>>Hallo Marie, ich dachte du kommst nicht mehr.<<

>>Ja, Mutter hat mich noch etwas länger als angedacht aufgehalten. Das übliche. Vorsichtig sein, nicht mit Fremden reden, nicht zu spät nach Hause kommen. Tralalala... du kennst es ja...<<

Nach dem kurzen Lauf kam Marie langsam wieder zu Atem.

>>Schade, hier sind nicht mehr viele Leute. Ich dachte, wir könnten ein wenig bei den Vorbereitungen helfen. Eigentlich habe ich bis jetzt überhaupt niemanden gesehen.<< meinte Anni, hob und senkte ihre Schultern.

>>Nicht so schlimm, komm wir sehen uns trotzdem mal um, kann ja nicht schaden.<< Marianne hakte Anni ein, summte ein Lied und beide gingen geradewegs zur Klosterkirche.

Marie strotzte nur so vor Tatendrang, sehr aufgeweckt, wissbegierig und immer auf ein Abenteuer aus.

Anni, sie war genau das Gegenteil. Eher zurückhaltend und schüchtern, doch in der Schule überdurchschnittlich gut, auch Marie profitierte ein ums andere Mal von dem herausragenden Gedächtniskünsten ihrer Freundin.

Das Zisterzienserkloster wurde erbaut im Jahr des Herrn elfhundert dreiundsechzig. Zwölf Mönche und ein Abt zogen von Volkenroda aus ins Land, um das Kloster zu gründen, kramte Marie ihr Schulwissen hervor.

Und nun genau achthundert Jahre später wurde ein schöner runder Geburtstag gefeiert und sie durften dabei sein.

Überall roch es nach feuchter Erde, geschnittenem Gras und Farbe. Fensterrahmen, Türen und Wände wurden weiß über getüncht. Doch die untergehende Sonne tauchte alles für Minuten, in ein feurig schimmerndes orange-rotes Licht.

Fest eingehakt gingen beide durch das Klostertor. Marie hielt für einen Augenblick den Atem an.

>>Hast du „Das" gespürt?<<

>>Was gespürt?<< fragte Anni.

>>Na das eigenartige Kribbeln, als wir durch das Tor gingen...<<

>>Nein, da war nichts. Oder? Ich bin mir nicht sicher... vielleicht doch?<< Anni schüttelte den Kopf.

Anneliese war sich nicht sicher ob sie weiter gehen sollten und musste noch einmal ihren Unmut, angesichts dieser Situation, loswerden.

>>Keiner mehr da, alle sind weg oder waren noch gar nicht hier? Ich verstehe das nicht. War wohl doch keine so gute Idee so spät hier her zu kommen. Außerdem wird es nebelig und mir ist kalt.<<

>>Ach Anni, jetzt sind wir hier und bleiben auch hier. Was sollen wir Zuhause? Gehen wir jetzt zurück muss ich bestimmt noch eine Schale Kartoffeln schälen. Also sehen wir mal nach was am Backteich los ist. Das große Lagerfeuer, der Schankplatz, Tische und Bänke. Alles ist im Aufbau. Dort muss doch noch Jemand sein! Komm...<<

Marie umfasste fest Annis Hand und zog sie entschlossen mit sich.

So liefen sie an der alten Zehntscheune vorbei runter zum Bach. Die dicken Eichenbohlen der kleinen Brücke polterten laut als die beiden Mädchen darüber liefen. Turmhohe Bäume stachen in den schnell dunkler werdenden Himmel, ragten hoch auf und standen dicht an dicht. Dadurch gab es noch weniger Licht, und auch hier war kein Mensch mehr am Arbeiten oder auch nur zu sehen.

Sie standen auf der Stelle, bewegten sich nicht, hielten den Atem an und lauschten in den Wald hinein.

Stille.

Kein Hämmern, kein Klopfen, keine Kommandos.

>>Das wird nun wirklich langsam komisch.<< murmelte Marie und Unsicherheit schwang in ihrer Stimme mit.

>>Ich mag das hier nicht, es wird schnell dunkel es ist furchtbar kalt und unheimlich, lass uns bitte gehen.<< Anni war dabei sich umzudrehen, doch Marie hielt sie erneut fest.

>>Warte, die paar Meter gehen wir noch, wenigsten bis zum Backteich. Wenn da auch keiner mehr ist, dann gehen wir wirklich nach Hause, ich verspreche es dir...<< Anni zögerte noch einige Augenblicke, war aber einverstanden und beide setzten sich langsam in Bewegung.

Das gefallene Laub unter ihren Füssen raschelte bei jedem ihrer Schritte. Doch durch den aufsteigenden, unnatürlich dichten Nebel, hörte es sich seltsam dumpf an.

Die beiden Mädchen standen nun an dem kleinen See und sahen sich um. Auch auf der gegenüberliegenden Seite war keine Betriebsamkeit zu erkennen.

Durch die schnell zunehmende Dunkelheit und dem aufkommenden Dunst konnten sie allerdings nicht alles deutlich erkennen.

Der aufgehende Vollmond war noch von den wenigen Wolken verdeckt die langsam am tief dunkelblauen Abendhimmel vorbeizogen.

Sie waren allein.

>>Es ist nicht zu glauben.<< Marie sprach leise weiter.
>>Es müsste doch alles voller Leute sein? So viel ist hier noch zu tun. Wo ist Gerhard der Wirt der alten Buschklause, er wollte doch den Ausschank übernehmen, keine Buden, keine Stände, ist heute ein freier Tag? Aber hier ist doch noch gar nichts fertig!<<
>>Komm wir gehen, hier stimmt wirklich etwas nicht.<< Anneliese überkam eine furchtbare Angst, ihre Hände zitterten...
>>Du hast recht Anni, wir sollten schleunigst verschwinden. Seit dem wir durch das Tor gegangen sind ist uns niemand begegnet... sind alle auf einer Versammlung im Dorf? Haben wirklich alle frei heute<<
Gerade als sie sich umdrehen wollten, geschah das Unerwartete.

>>**Hallo**...<<

Der Ruf durchbrach die Stille wie ein Donnerschlag.
>>Sagt doch... habt ihr zwei euch verlaufen?<<
Marie und Anni erschraken mächtig...
Eine Frauenstimme, doch die beiden sahen niemanden der zu ihnen sprach.

Die Dunkelheit war einfach zu weit fortgeschritten und dazu dieser dichte Dunst.

Marie fand als Erste ihre Sprache wieder.

>>Nein, nein, verlaufen haben wir uns nicht, wir wollten nur rasch einmal nachsehen wie weit die Vorbereitungen sind.<<

>>Und natürlich unsere Hilfe anbieten.<< rief Anni hinterher.

>>So,so... ihr möchtet helfen? Helfen... ja das könnt ihr... Da hätte ich eine besondere Aufgabe für euch.<<

Die fremde Frau setzte sich in Bewegung.

Keine von den beiden Freundinnen war in der Lage zu erkennen wer da zu ihnen kam.

Die unbekannte Dame schien auch seltsam verschwommen, war nur schemenhaft zu erkennen, als schwebte sie über den Boden und schälte sich nur allmählich aus dem Nebel. Auch die sehr tiefe unnatürliche klingende Grabesstimme kam Marie verdammt komisch vor.

>>Ach wissen sie, wir haben es uns anders überlegt, es ist schon spät, wir gehen lieber zurück...<< sprach Marie mit gesenkter Stimme.

Anni fasste dieses Mal mit immer noch zitternden Fingern nach Maries Hand. Sollten sie weglaufen, schnell verschwinden oder lieber stehen bleiben? Marie war es satt, nahm nun allen Mut zusammen, sie wollte jetzt wissen was für eine Person mit ihnen sprach. Und vor allen Dingen, wo waren die Anderen alle hin?

Marianne dachte noch... *" merkwürdig, es sind keine Schritte zu hören..."*

Die letzte Wolke zog am fast vollen Mond vorbei und nun warf er sein fahles, gruseliges bleiches Licht gnadenlos auf die Frau die ihnen aus dem Nebel entgegen kam.

Der Totenschädel leuchtete im Mondlicht hell auf und die restlichen Haare darauf umrahmten ihn, wie ein makaberes Kunstwerk.

Marie und Anni schrien gleichzeitig auf und wollten weg... schnell wegrennen, doch sie waren wie gelähmt, versteinert, konnten sich einfach nicht bewegen...

Die beiden Mädchen waren Gefangene, Gefangene ihrer Angst.

XXX

Gegenwart

*E*in Orchester?

Wer hatte das Orchester bestellt...

Wo kam der Trommler her und der Mann mit der Pauke? Und wer blies verdammt noch mal hier die Piccoloflöte?

Zwischen meinen Schläfen hämmerte es wirklich recht heftig. Mir war schwindelig und speie-übel. Millionen bunter Sterne zerplatzten vor meinen Augen wie wässrige Seifenblasen. Drehte ich meine Kopf nach rechts fühlte es sich an, als hielt jemand einen Bündel meiner Hirnnerven in den Fingern und stach kleine Nadeln hinein. Am besten würde es sein, am Boden sitzen zu bleiben und versuchen langsam die Augen zu öffnen.

Nur ausruhen... mach dir keinen Stress, fahr übers Land... ja,ja... immer das Selbe.

Aus meiner Hosentasche kramte ich ein Taschentuch hervor und schnäuzte hinein. Nasenbluten, also das auch noch. Natürlich. Immer wieder genau die richtige Stelle. Warum trafen diese, was immer es auch war, mit unglaublicher Präzession, genau die richtige Stelle? Es war zum Verrückt werden.

Noch ein paar Schläge auf den Hinterkopf und ich konnte die Frührente beantragen.

Langsam aber stetig kamen die Erinnerungen wieder.

Schmerzvoll vernahm ich noch einmal die Begegnung mit dem unbekannten Gegenstand der meinen Hinterkopf traf.

Diese Frau!!

Wer war sie? Was war sie? Und vor allem Wo?
Und wo befand ich mich eigentlich?
 Der nächste Schreck lies nicht lang auf sich warten...
Kirsten...!!
 Meine mir ans Herz gewachsene blonde Begleitung lag am Boden in meiner unmittelbaren Nähe. Eine große Erleichterung überfiel mich. Ich atmete tief durch, ging einen Schritt auf sie zu, fiel neben ihr auf die Knie.
 >>Kirsten... hallo, Kirsten sag doch bitte was...<<
Zwei meiner Finger fanden schnell ihre Halsschlagader. Der Puls war da, regelmäßig, ebenso ihre Atmung, also vielleicht nur eine leichte Ohnmacht. Vorsichtig drehte ich sie auf die Seite. Dabei fiel mir der nasse, dunkle Fleck an ihrem Hinterkopf auf. Das musste Blut sein. Ihr wunderschönes Haar war an der Stelle verklebt. Sie wurde also auch getroffen. Aber von was? Mein angeschnauztes Taschentuch drückte ich vorsichtig auf die Wunde. Nicht gerade steril, doch leider waren mir im Augenblick die sauberen Tücher ausgegangen.
 Fragen über Fragen, die nach einer Antwort verlangten.
Ein Blick auf meine Uhr brachte nichts. Sie war stehen geblieben.

Mein Handy und meine Waffe lagen im Pensionszimmer, in Anbetracht der momentanen Lage sehr sträflich von mir.

Ich sah mich um, die Bank war nicht mehr da, also befanden wir uns an einem anderen Ort.. dann sah ich nach oben, der volle Mond schien so nah zu sein, zum Greifen nah... die kalte Sonne vergoss ihre bleichen Strahlen über diese Nebelsoße, so hell, dass sie mich schon blendete.

Überall dichte, mannshohe wabernde Nebelschwaden. Die nasse Kälte der Nacht kroch an mir hoch, sie entzog mir dabei langsam meine Energie, ich fing zu zittern an...

Ich ging in die Hocke, massierte meinen Hinterkopf so allmählich wurden die Kopfschmerzen erträglich. Noch einmal holte ich tief Luft, es roch nach feuchtem Grass und Erde.

>>Chris? Chris bist du da? Ich kann nichts sehen...<<
Kirsten wurde stöhnend wach, sie flüsterte nur, versuchte sich hoch zu stemmen.

>>Ja meine Liebe... ich bin hier. Warte, setzt dich langsam auf, nicht so schnell, sonst wird dir übel...<<
>>Oh mein Gott... mir platzt gleich der Schädel... Chris... was, was war das? Was ist geschehen... wo sind wir..?<<
>>Das ist mir noch nicht ganz klar... eine Erklärung wird sich finden, keine Angst.<< Mit meinen Worten versuchte ich meine Begleiterin zu beruhigen. Sanft streichelte ich ihren Kopf und nahm sie in den Arm.

>>Es ist so verdammt kalt...<< Ich zog sofort meine Jacke aus und legte sie um Kirstens Schultern, ihr ging es schlechter als mir, man brauchte kein Arzt zu sein um das zu erkennen.

>>Bleib bitte sitzen, ich werde ein paar Schritte in den Nebel gehen, bin sofort wieder bei dir.<<

>>OK. Mach nicht so lang, lass mich bloß nicht allein...<< jammerte Kirsten schwach.

Einen zweiten Rundumblick verschaffen.

Das war nicht so einfach. Der Nebel nahm mir die meiste Sicht. Der Dunstschleier überragte mich tatsächlich um gut und gern zehn oder fünfzehn Zentimeter, als ob er mich ärgern wollte. Nach oben gab es einen wunderbaren Ausblick, der Sternenhimmel präsentierte sich mir in seiner ganzen Pracht.

Hin und wieder schimmerte es blitzend wie ein Leuchtfeuer durch den Nebel, brach sich das Mondlicht demnach im Wasser. Ich war also noch am See. Die Baumkronen waren meiner Meinung nach aber sehr weit weg, schon seltsam und sehr merkwürdig war die ganze Situation sowieso.

Noch einmal tief Luft holen, dann setzte ich mich tastend in Bewegung. Immer noch recht wackelig auf den Beinen machte ich die ersten Schritte. Mein silberner, kreisrunder Talisman war noch da. Ich spürte es als Wärmequelle in meiner Hosentasche.

Also sollte die Bedrohung noch präsent sein und er reagierte darauf, sonst würde sich mein Amulett nicht melden.

Ich zog es heraus, entknotete die feingliedrige Silberkette und hing es mir um den Hals. Zum ersten Mal spürte ich eine Reaktion der Metallscheibe, geschmiedet aus Teilen eines Kometen wie es mir der alte Mönch erzählte. In den letzten Wochen krempelte sich mein Leben komplett um. So viele Dinge schossen mir durch mein Hirn, doch ich musste mich nun auf das Wesentliche konzentrieren.

Die Walter, das Ersatzmagazin, alles lag fein säuberlich im Lederkoffer. Wenn das mal kein Fehler war... natürlich war es ein Fehler, nur, wer hätte mit so einem Schlamassel gerechnet? Und wäre ein Schießeisen in dieser Situation hilfreich? Vielleicht war ich nicht ganz schutzlos, so verließ ich mich auf meinen Talisman, konnte er mich beschützen? Und wie?

Größere Äste lagen am Boden verstreut und mir im Weg.

Da der Boden mit Gras bewachsen, sehr feucht und rutschig war, musste Vorsicht oberstes Gebot sein.

Mist... man konnte wirklich nicht viel sehen. Trotz des Mondlichts.

Meine kleine Minitaschenlampe brachte hier sicher auch nichts.

Aber ich konnte hören... da waren doch Stimmen im Nebel.

Ja, helle Stimmen.

Nein das war nicht diese sonderbare Totenkopffrau.

Ihre Stimme klang viel, viel dunkler.

Mädchenstimmen, dass waren Mädchenstimmen...
Und sie sprachen einen Reim...

„dem Leben entrissen im Tode vereint, auf ewig zusammen und niemals entzweit..."

XXX

Vergangenheit

*A*nni fiel vor Grauen in Ohnmacht, dieser Anblick war einfach zu viel für das Mädchen.

Marie konnte ihre Freundin nicht festhalten und sich selber auch nicht mehr auf den Beinen halten, sie stürzte wie Anni auf den kalten Erdboden. Dabei stieß sie mit einem Knie auf einen scharfkantigen Stein, doch an den Schmerz dachte sie nicht. Die Horrorgestalt kam näher, mit ihr diese verfluchte, unheimliche Kälte und der verdammte Nebel.

„Ja kalt" dachte Marie *"furchtbar kalt".*

>>Jesus spricht, euer Herz erschrecke nicht... glaubet an Gott und glaubet an mich.<< flüsterte die junge Marie.

Das kleine Gebet fiel ihr ein aber halfen hier Glaube und Hoffnung?

Noch näher kam das Wesen... noch kälter wurde es...

Mariannes Herz vereiste. Tränen liefen ihr über das Gesicht, wurden immer langsamer und erstarrten zu leidvoll funkelnden Salzdiamanten...

>>Wer bist du?<< flüsterte sie leise.

>>Was willst du von uns...<< mehr Kraft besaß Marie nicht mehr.

Die Totenkopffrau schwebte heran und blieb gefährlich nah vor dem Mädchen stehen.

>>Ich brauche euch... ich bin doch so allein...<< Die Worte kamen wie ein eisiger polarer Hauch aus dem Schädel der Frau.

Das bekam Marie nur noch zur Hälfte mit.

Langsam sank sie neben Anni endgültig zu Boden, ein letztes leises verzweifeltes Stöhnen, vorbei...

Die eisige Todeskälte vertrieb alle Lebensenergie aus den beiden Freundinnen.

Tot lagen sie auf der feuchten, kalten Erde am Ufer des Backteichs.

>>Ich brauche euch... ich brauche euch doch so sehr...<< seufzend wiederholte die Gestalt ihren Satz immer wieder und beugte sich mütterlich über die toten Freundinnen.

Und der Mond stand hoch über dem Kloster und weinte...

XXX

Gegenwart

Die Stimmen waren da, dass war so sicher wie das „Amen" in der Klosterkirche.

Ich lauschte intensiv in den Nebel hinein, ging zwei Schritte vor und stolperte natürlich über eine hochstehende Baumwurzel. Mit den Armen rudern, versuchen sich zu fangen... das half nichts.

Platsch lag ich auf der Nase.

Meine Rippen und Schulter bedankte sich auf ihrer Weise. Ein heftiger Schmerz zuckte durch meinen Körper und war schlimmer als die schon vorhandenen Kopfschmerzen, die natürlich auch wieder aufflammten, ich stöhnte auf, verschluckte einen derben Fluch.

Die bei meinem Sturz verursachte Geräuschkulisse, ließ alle Stimmen abrupt verstummen. Kein Laut mehr.

Bei dem umständlichen Versuch mich auf die Beine zu stellen, sprach mich unerwartet eines der Mädchen an.

>>Guten Abend lieber Herr, woher kommen sie? Sie sind arg gestürzt... haben sie sich etwas getan?<<

Eine bleiche, kleine, langfingrige Hand streckte sich mir aus dem Nebel entgegen.

Wenn die Geschichte hier nicht so ernst gewesen wäre hätte ich wahrscheinlich laut angefangen zu Lachen. Es musste eigentlich unheimlich lustig ausgesehen haben, bei meinem Sturz jedenfalls, doch zum Lachen war mir keines falls.

Ich fasste sie an.

Die Hand der Kleinen war weich, zart und außergewöhnlich kühl, viel zu kühl...

>>Guten Abend... nein nein, mir ist nichts passiert, es geht schon wieder, vielen Dank.<< flüsterte ich rau und stemmte mich umständlich hoch.

Im Mondlicht sah ich das Mädchen, nein es waren gleich zwei an der Zahl.

Die eine band ihr Haar zu einem kunstvoll geflochtenen Knoten. Eine weiße Schleife sorgte für den nötigen Halt. Sie trug einen dunklen Mantel, ein Schal hing um ihren Hals. Das andere Mädchen war etwas kleiner und trug ihr pechschwarzes Haar offen, es umrahmte ihr hübsches aber bleiches Gesicht mit den großen dunklen Knopfaugen.

Sie mussten um die vierzehn oder fünfzehn Jahre alt sein oder jünger? Das genau abzuschätzen erschien beinah unmöglich, bei diesen widrigen Lichtverhältnissen.

>>Sagt mal... was macht ihr zwei so spät und alleine hier draußen? Werdet ihr nicht von euren Eltern vermisst?<< sprach ich die größere von den beiden Mädchen an.

>>Ach, wir warten nur. Ich bin die Marianne, sag einfach Marie. Das hier ist meine Freundin Anneliese, die Anni. Wir warten darauf, das uns jemand abholt. Es ist dunkel und kalt, wir trauen uns nicht allein zu gehen...<<

>>Hallo ihr zwei, mein Name ist Chris. So, ihr werdet also abgeholt? Von wem denn und könnt ihr mir sagen wo ich hier bin?<<

Auf eine Antwort war ich sehr gespannt, eine Ahnung keimte in mir auf.

>>Genau wie sie wurden wir auch auf diese kleine Insel im Klosterteich gebracht, hier ist es nämlich sicher... Doch so klein ist die Insel gar nicht.<< Erwiderte Marie ausführlich und wies mit dem Finger in die Runde.

>>Wir haben viel Platz zum spielen.<< meldete Anni sich mutig.

In meinem Kopf ratterten die Gedanken... wir befanden uns auf der kleinen Insel im See? Wer brachte uns hier her... wer hat die Kinder hier her verfrachtet... ich ließ mir nichts anmerken und stellte meine nächste Frage.

>>Ja dann erzählt mir doch einmal wer euch zwei hier her gebracht hat und sagt mir bitte wie?<<

Langsam sprach ich die Worte und langsam wurde ich auch ungeduldig.

Annis Stimme überschlug sich fast bei ihrer Antwort.

>>Also, dass Kloster hat doch achthundert Jahr Feier und wir wollten beim Aufbau helfen. Am See trafen wir Klara. Sie sagte, sie braucht uns und brachte Marie und mich zur Insel. Wir sollen hier warten, es ist hier sehr sicher für uns hat sie gesagt und Angst müssen wir auch keine haben. Außerdem hat Klara versprochen bald wiederkommen. Doch jetzt müssen wir weiter spielen, sonst wird sie böse, denn sie hat es gern wenn wir spielen, die Stimmen, ja... unsere Stimmen hört Klara sehr gerne.<<

Marie nickte zustimmend.

Beide sahen sich einen Augenblick an, fassten sich an den Händen, drehten sich grußlos um und verschwanden lachend im Nebel.

Verstanden hatte ich das Ganze immer noch nicht. Wie vom Blitz getroffen stand ich da und versuchte das gesehene zu verarbeiten. Hier stimmte doch etwas gewaltig nicht.

Wir befanden uns also auf dieser kleinen Insel mitten im Klostersee... ich verstand die Welt nicht mehr, presste meine Handballen an die Schläfe um nachzudenken.

Da rief ich mir die Hinweistafel am Eingangstor ins Gedächtnis. Stand dort nicht **"Achthundert fünfzig Jahr Feier"** geschrieben??? Was sagte Marie doch vorhin? Achthundert Jahr Feier? Hatte die kleine Dame sich vertan? Kindlicher Übermut? Oder stimmte es doch? Mir rauchte der Kopf...

Also, wenn es stimmte was das Mädchen sagte, dann waren die Kinder etwa... das konnte doch nicht sein... seit fünfzig Jahren hier auf dieser kleinen Insel im See gefangen? Warteten seit fünfzig Jahren darauf von irgend jemand abgeholt zu werden? Eine magische Zeitfalle?

Gehört hatte ich bisher so einiges... doch Erfahrungen mit so einer Situation, dass war neu für mich. Wie sollte ich mich jetzt verhalten? Die Kinder packen und weg von hier? War das überhaupt möglich? Was kam als nächstes? Wenn Kinder mit im Spiel waren, traf es mich, und sicher jeden anderen auch, doppelt emotional.

Himmel... sie waren nicht gealtert. Marie sollte demnach bereits mindestens dreiundsechzig oder fünfundsechzig Jahre alt sein, genau wie ihre Freundin. Eine Erklärung dafür gab es nicht. Noch nicht.

Marie erwähnte noch eine Person, Klara... waren diese Klara und die Totenkopffrau vielleicht ein und die selbe Person? Vorstellen konnte ich es mir keinesfalls.
So langsam war es an der Zeit, Licht ins Dunkel zu bringen.

Auf der kleinen Insel also.

Ein paar Schritte zurück, dann wäre ich wieder bei Kirsten. Doch das brauchte ich nicht mehr. Sie stand, wie in Stein gemeißelt und ausgestellt, hinter mir. Ihre Augen waren weit aufgerissen, fürchterliches entsetzen spiegelte sich in ihren Gesichtszügen wieder... was war geschehen, was hatte sie gesehen?
>>Hey Kirsten... was ist mit dir?<< ich fasste ihr an die Schulter, schüttelte sie.
>>Kirsten... hey... was ist?<< wiederholte ich...
Meine blondhaarige Begleitung sah mir in die Augen. Tränen liefen in Strömen über ihr hübsches entstelltes Gesicht.

Voller Entsetzen und mit einem bibbernden Zittern in der Stimme gab sie meiner befremdlich wirkenden Vermutung Gewissheit und so antwortete sie...

>>Chris... oh Chris... das darf doch nicht wahr sein... das... das kleine Mädchen... oh mein Gott... nein... ich kenne sie... das ist meine Tante Marianne... und sie wird heute auf den Tag genau seit fünfzig Jahren vermisst...<<

XXX

Kirsten schluchzte laut, sie zitterte jetzt am ganzen Leib. Was sollte ich ihr sagen, wie sie beruhigen. Ich verstand es ja selber nicht.

>>Das ist schwer zu erklären, noch schwerer zu verstehen... ich versuche mir vorzustellen was du durchmachst. Genau auf solche Dinge sollte ich vorbereitet sein, aber auf diese Dinge kann man sich nicht vorbereiten. Bitte glaube mir es wird alles gut werden...<< beruhigendere Worte fand ich nicht und sprach weiter.

>>Mach jetzt bitte nicht schlapp, wir müssen hier irgendwie raus aus der Sache.<<

>>Ja, gut... aber wieso? Was ist das für ein Wahnsinn?<< Schluchzte sie wieder.

>>Eine Erklärung versuche ich dir später zu geben, jetzt ist keine Zeit meine liebe Kirsten.<< ich streichelte sanft ihre Wange.

>>Ok. Gut. Aber bleib bei mir, lass mich bloß nicht mehr allein... keinen einzigen Meter mehr...<<

>>Denk nach denk nach...<< sprach ich zu mir selbst. Wenn es eine Insel war, musste es ein Ufer geben. Und so groß war dieses Fleckchen doch nicht.

>>Komm, wir gehen langsam vor... pass bitte auf wo du hintrittst... hier wimmelt es nur so vor Stolperfallen, ich musste es leider selbst erleben...<<
Wieder tastete ich mich voran. Kirsten folgte mir, hielt sich dabei an meiner Jacke fest. Der Nebel löste sich nicht auf.

Ganz im Gegenteil, er wurde nur noch dichter und verdammt noch mal kälter, sehr kalt... fühlte sich beinahe kristallen an, zäh, greifbar undurchdringbar...

Zum wiederholten Male zog es heftig in meinem Nacken und machte sich ein komisches Gefühl in der Magengegend breit und bestätigte sich im nächsten Moment.

Wie aus dem Nichts entsprungen stand sie plötzlich vor uns...

Die Totenkopffrau...

XXX

*E*rwin Schneider und sein Freund und Kollege Peter Horstmann, zwei „Dorfpolizisten" wie aus dem Buche entsprungen.

Sie kannten jeden Menschen und jeden Winkel im Ort. Keine noch so zech bereite und auf Krawall gebürstete Jugendbande konnte sich vor ihnen verstecken. Schon gar nicht am Wochenende. Hier stieg der Polizist noch aus dem Auto, ließ den Dienstwagen stehen, man ging zu Fuß auf Streife, sorgte mit leiblicher Präsenz für Ruhe und Ordnung.

Erwin Schneider war alleinstehend, stand gut im Futter, war groß, eben ein Kerl wie ein Baum und sehr beliebt bei allen Dorfbewohnern. Wochenenden waren sowieso ein Fremdwort für ihn. Am liebsten hätte er noch in der Wache übernachtet. Sehr ordentlich war er nicht, schon mal etwas chaotisch. Doch Dienst schieben war sein leben.

Peter Horstmann war das genaue Gegenteil. Ein Bilderbuch Polizist, wenn es denn so etwas gab. Schlank, drahtig, eine Sportskanone. Mit seiner Frau und den beiden Kindern wohnte der achtunddreißig jährige „Piit" wie er auch gern genannt wurde, in einer Neubausiedlung am Dorfrand Loccums.

Doch er war nicht minder Pflichtbewusst und liebte das genaue einhalten der Vorschriften, niemand durfte aus der Reihe tanzen. Manches Mal wurde er zum Pedant. War es *„Das"* was seine Frau so an ihm liebte oder vielleicht auch hasste?

Eigentlich waren es zwei verschiedene Welten zwischen den Beiden und vor allem Gerüche die dort im Einsatzwagen aufeinander trafen. Doch waren es wohl die Unterschiede an sich, die für eine erfolgreiche und langjährige Zusammenarbeit standen.

Vor gut vier Stunden traten sie bereits ihren Nachtdienst an und klapperten in der vergangenen Zeit die „üblichen" zwielichtigen Ecken ab. Bisher gab es keine Vorkommnisse, alles war ruhig und friedlich.

>>Jetzt wäre langsam mal ein Päuschen angesagt.<< schrabbelte Erwin vor sich hin.

Sein Kollege Peter saß am Steuer und widersprach ihm nicht. Was Erwin ein wenig verwunderte.

>>Ok mein Lieber, ich benötige frische Luft, was hast du eigentlich gegessen? Einen starken Kaffee brauche ich und muss mich mal strecken. Außerdem könnte ich auch mal für kleine Tigerenten.<<

Erwin grinste von Ohr zu Ohr.

>>Ja genau... klein... und pass auf die Windrichtung auf...<< diese Steilvorlage musste Erwin einfach kommentieren.

>>Ha, Ha...<< meinte Peter nur und grinste gequält zurück.

>>Deine Witze waren auch schon mal besser und hatten mehr Stil...<<

Den Einsatzwagen parkte Peter auf dem großen Parkplatz des Marktplatzes direkt vor dem Café, stieg aus, sah sich kurz um und verschwand hinter der nächsten Ecke.

>>Vergiss das Wiederkommen nicht.<< musste Erwin noch los werden.

Auch er stieg aus um sich ein wenig die Beine zu vertreten. Der rundliche Polizist überquerte die Straße, ging zur Sparkasse, kontrollierte den Eingang und die großen Glasfenster. Das Türschloss, auch die kleine, kaum zu sehende Überwachungskamera besah er sich mit geschultem Auge, suchte die rote Funktions-Leuchtdiode. Sie blinkte in regelmäßigem Abständen.

>>Alles klar, lebt noch das gute Stück.<< murmelte er.

Peter kam ihm entgegen.

>>Den Wagen habe ich abgeschlossen und lassen ihn zur Abschreckung auf dem Marktplatz stehen. Mal sehen was sich heute Abend alles so herum treibt... ich tippe mal auf die Wagner Zwillinge nebst dazugehörigen Freundeskreis...<<

>>Mit dem Hühnerhaufen hätten wir ja noch leichtes Spiel... aber in Ordnung, drehen wir unsere erste Runde am Kloster? Licht von oben haben wir ja. Vielleicht sind noch ein paar andere trinkfeste Gestalten im Forst unterwegs.<< Lachte Peter und nickte.

>>Ja, machen wir, es ist jetzt halb drei Uhr. In einer halben Stunde müssten wir durch sein. Danach fahren wir kurz aufs Revier. Dann bekomme ich endlich mein erstes Frühhüüstück.<< freute sich Erwin und rieb sich den Bau.

>>Du denkst auch nur permanent ans Fressen. Mein Freund der wandelnde Kühlschrank, fehlte nur noch das rollende Klo hinter dem Einsatzwagen...<<

Peter lachte schallend auf, knallte seinem Erwin eine Hand auf die Schulter.

Ein strafender Blick seines Kollegen war die Konsequenz.

>>Das lass mal meine Sorge sein... außerdem Schmeckt es mir jederzeit vorzüglich, ich bin ein Genießer, dass weißt du doch...<< grinste Erwin zurück.

Den größte Teil der Straßenbeleuchtung schaltete man um dieser Uhrzeit ab oder reduzierte die Helligkeit, eben aus Kostengründen, wie in so vielen anderen kleineren Kommunen auch.

Die beiden Polizisten durchquerten das Tor zum Kloster, gingen leise und wachsam weiter Richtung Gotteshaus. Dank des Mondes war der Weg recht gut ausgeleuchtet. Die Taschenlampen brauchten nicht zum Einsatz kommen.

>>Verdammt kalt hier...<< flüsterte Piit, drehte sich kurz um sah zum Klostertor zurück und zog den Reißverschluss seiner Dienstjacke zu.

>>Stell dich nicht so an, denkt dran, gleich sitzen wir in der Wache und schlürfen heißen Kaffee...<<

An der Kirche gab es nichts ungewöhnliches. Sie gingen schweigend weiter in Richtung Brauteich...

>>Übrigens... ich hab neulich...<< wollte Erwin ein Gespräch anfangen, doch weiter kam er nicht.

Der Schrei.....

Die Polizisten standen sofort wie zwei Salzsäulen still, bewegten sich keinen Millimeter mehr, hielten den Atem an und lauschten...

>>Das war eine Frau und hörte sich verdammt echt an...<< flüsterte Peter.

>>Ich meine das kam aus dem Forst, am Backteich? Lass uns nachsehen Peter, gib über Funk Bescheid, wo wir sind.<< Das Funkgerät gab jedoch nur ein Rauschen von sich aber mehr auch nicht.

>>Komisch, kein Empfang, was ist hier bloß los? Meine Uhr ist stehengeblieben und das Handy liegt im Wagen.

Hast Du ein Handy dabei?<< Erwin schüttelte den Kopf.

>>Nein, hab ich nicht. Da ist etwas oberfaul, vergiss das Gerät, los komm.<<

Sie setzten sich in Bewegung. Nun nicht mehr ganz so vorsichtig.

Sie gingen dennoch mit sehr wachsamen Augen über den dunklen Kopfsteinpflaster Weg in Richtung der alten Zehntscheune. Der „Elefant" warf einen langen gewaltigen Schatten im Mondlicht, die Taschenlampen blieben jedoch weiterhin ausgeschaltet, es sollte ja niemand vorzeitig gewarnt werden.

Sie blieben ab und an stehen und sahen sich kurz um, überquerten als nächstes den kleinen Bachlauf und erreichten schnell das Ufer des Backteichs.

>>Dort hinten, auf der anderen Seite des See`s sehe ich eine Person... und da ist doch noch jemand, oder? Dieser verdammte Nebel...<< flüsterte Piit.

Erwin pustete wie eine alte Dampflok, war nicht in der Lage zu antworten.

Peter zog seine Pistole mit einer routinierten Bewegung aus dem Hohlster und spurtete los.

XXX

Ein polarer Frosthauch peitschte mir entgegen. Lähmte mich in jeder Sekunde die verging ein wenig mehr...

Ich hatte Angst... furchtbare Angst...

Mein Amulett hingegen strahlte eine wohlige Wärme aus die meinen Brustkorb umfasste und verhinderte somit das mein Herz sofort zu einem Eisblock erstarrte, das gab mir Hoffnung und Zuversicht.

Kirsten schrie auf und fiel erneut zu Boden. Sie blieb liegen und wimmerte leise vor sich hin, ich wollte ihr helfen, doch die Totenkopffrau sprach mich an, diese Stimme fesselte mich, machte mich beinahe regungslos...

>>Du bist ein besonderer Mensch...<< hörte ich eine Stimme in meinem Kopf.

>>Eine Kraft geht von dir aus, eine starke Kraft... diese Kraft kann ich nicht akzeptieren... ich kann dich und deine Begleiterin nicht gehen lassen. Wehre dich nicht dagegen, lass es geschehen... lass dich von meinem Zauber beherrschen und durchfluten... fühle *meine* Kraft und ertrinke in der Einsamkeit der Seelenlosigkeit meiner magischen Welt...<<

Die Stimme hallte mehrmals in meinem Kopf nach, wurde dunkler, verzerrte sich und versuchte mich zu Hypnotisieren. So verführerisch. Ja... einfach aufgeben... keine Schmerzen, nichts mehr spüren, sich fallen lassen, doch ich dachte nicht im Traum daran aufzugeben, versuchte mich zu konzentrieren und formulierte mühsam eine Frage, ich verstand mich selbst kaum.

>>Wie ist dein Name? Wer bist du?

Was willst du von den Mädchen? Wie kommen wir hier her?<< schwer kamen die Worte über meine Lippen.

>>Klara... das ist mein Name, so nannte man mich, auch in einem früheren Leben... bis mein Dasein im Zeitenstrom verblasste... verdrängt aus den Köpfen, aus der Geschichte getilgt... zu einer lieblosen Erinnerung verkam... man entriss mir meine Töchter und jagte mich hinfort in die eiskalte, einsame Dezembernacht...

In diesem Nebelsee erfüllte sich mein Schicksal. Nie würde ich meine geliebten Töchter wiedersehen können und stürzte mich voller Gram und Leid in das Erlösung bringende Wasser...<<

Das war mal eine Geschichte und wieder rann ein kalter Schauer meinen Rücken herunter.

>>Aber was haben die zwei Mädchen mit deiner Geschichte zu tun? Warum lässt du sie nicht einfach gehen?<<

>>Ich kann sie nicht gehen lassen...<< hauchte die Totenkopffrau.

>>Sie gehören doch zu mir... sie geben mir die Kraft... ich brauche meine Mädchen...<< Hörte ich Klara schluchzen? Sie musste wohl, und aus beinahe verständlichen Gründen, sehr verzweifelt gewesen sein.

>>Es tut mir sehr leid für dich Klara, doch Marie und Anni können nicht hier bleiben.<<

>>Du willst mir auch meine Töchter nehmen? Du?<< Ihr anschließendes Lachen hörte sich an, als käme es direkt aus den Tiefen der grausamsten brutalsten Hölle...

>>Dann werde ich dich in dem gleichen See ertränken, wie einst die Männer der Kirche die mich in das Wasser trieben...<<

Männer der Kirche??? Hörte ich richtig?
Das Gerücht, hier gäbe es etwas außergewöhnliches... spätestens jetzt offenbarten sich die Geheimnisse. Hatte das Ganze etwas mit der Hexenverfolgung zu tun? Was zum Henker ist damals geschehen, warum nahm man ihr ihre Töchter weg?? Schon wieder so viele Fragen und keine Antworten.

Etwas veränderte sich...

Traf ich mit meinen Worten zuvor ihren wunden Punkt? Jetzt war die Knochenfrau wütend, wohl sehr wütend...
Sie hob ihre Arme, der Nebel stob augenblicklich auf, sie kontrollierte ihn und eine intensive eisige Schockwelle traf mich. Die Kälte drang in mich ein, alles schmerzte und mein Herz erstarrte langsam zu einem Eisklumpen. Lange konnte das niemand durchhalten.
Mit der rechten Hand versuchte ich verzweifelt an mein Talisman zu gelangen, als letzten Ausweg. Ob es etwas brachte, dass wusste ich nicht. Es reagierte auf irgendwas, auf ihre böse Aura, eine gewisse Strahlung?
Klara schwebte einen Schritt auf mich zu und wollte mich umarmen. Das wäre es dann wohl gewesen. Kirsten stöhnte hinter mir auf, sie erlitt bestimmt Höllenqualen und das gab mir die Kraft.

Es kam mir vor wie in Zeitlupe, bei dem Versuch zerriss ich die Kette, aber letztendlich lag das jetzt Ofenplatten glühende, silberne Meteoritenstück in meiner Hand. Es war weiterhin „nur" warm, obwohl es heiß aussah, unglaublich, wie alles hier. Ich erinnerte mich an die Worte des Mönchs...

„Hoch in die Luft..." mehr war er nicht im Stande aus der Keilschrift zu übersetzen...

In der rechten Hand hielt ich die Scheibe, den Arm konnte ich bewegen, die Wärme durchströmte ihn, der Rest meines Körpers war immer noch wie betäubt. Ich warf das Amulett hoch in die Luft, wie es geschrieben stand... ich blickte ihr nach... und konnte es kaum glauben...

Die Scheibe blieb zwei oder drei Meter über der Totenkopffrau stehen, fing an sich zu drehen, drehte sich schneller und schneller.... und...

Ein heller, bläulich-weißer Lichtschein erstrahlte plötzlich aus dem Amulett, als knipste jemand einen hellen Bühnenscheinwerfer an, das flimmernde Licht umgab die Totenkopffrau, hüllte sie komplett ein. Kleine Lichtblitze oder schimmernde Metallpartikel fielen nun von oben auf die Gestalt vor mir herab und fraßen sich wie eine ätzende Säure in Klara hinein.

Das war zu viel.

Sie schrie auf und fing an sich im Kreis zu drehen wie vorher die Metallscheibe, immer schneller und schneller wie ein entfesselter Wirbelwind.

Dabei wurde der Nebel der die kleine Insel im See überflutete mitgerissen.

Ein ohrenbetäubendes Heulen und Wehklagen, fast tat sie mir ein wenig leid.

Von allen Seiten strömte der feuchte Dunst nun auf Klara zu, bis sie alles auf sog und in sich vereinte.

Sie verfluchte mich bitterlich, fürchterlich, grässliche Worte benutzte sie dabei, schrie als letzten Gruß den Namen ihrer beiden Töchter, als wolle sie sich ein letztes Mal und für immer und ewig von ihnen verabschieden...

Es klang so furchtbar traurig... und in einem hohen Bogen raste Klara auf das Wasser zu.

Sie schlug auf die Oberfläche auf und versank im See, ohne Wellen und ohne Geräusche zu verursachen.

Einsam und Vergessen, wie einst an dem Tag als sie den Freitod wählte.

Nur die hell leuchtende runde Scheibe hoch oben am Firmament war Zeuge dieser gespenstischen Szene...

Der bleiche Klostermond...

XXX

$\mathcal{D}$a stand ich nun auf jener kleinen Insel, Wasser um mich herum und auch ein wenig in meinen Augen. Gefühle wallten auf, Trauer, Wut... Wut auf diejenigen, die Klara in die Verzweiflung eines Selbstmordes drängten und Trauer... das ich ihr nicht helfen konnte. War das überhaupt möglich?

Meine anfängliche Angst war mittlerweile komplett verflogen. Der Moment, als diese Totenkopffrau vor uns stand, direkt vor mir, dass war ein unglaubliches Gefühl der Hilflosigkeit, Mutlosigkeit, Furchtsamkeit...

Jetzt wo das pure Adrenalin durch meine Adern floss ging es mir besser, ich spürte keine Schmerzen, es gab viele offene Fragen aber ich vertraute meinen Instinkten und war zuversichtlich diesen Fall lösen zu können, auch Dank der metallenen Silberscheibe.

Kirsten rappelte sich auf und zog sich an mir hoch, ich half ihr, sie umarmte mich, schüttelte stumm den Kopf und schluchzte.

>>Was, was war das für ein Licht? Diese furchtbaren Schreie, die unglaubliche Kälte, und dieses Ding mit dem Totenkopf... die Kinder... Chris, wo sind wir da nur hineingeraten?<< sagte sie und klammerte sich weiter an mich fest. Ich konnte nichts erwidern und hielt einfach die Klappe, meine Begleitung war jetzt schon mit den Nerven am Ende. Noch ein paar schlechte Nachrichten und sie brach vollends zusammen...

Dann fiel mir noch etwas ein... wo war eigentlich mein Amulett?

In meiner unmittelbaren Nähe lag es jedenfalls nicht...
noch ein Rätsel? **„Schwebt in der Zeit" Schon d**es Rätsel
Lösung? Später wollte ich mich näher damit befassen,
andere Dinge besaßen nun Vorrang und benötigten
meine ungeteilte Aufmerksamkeit.

Keine dreißig Meter vor mir hockten Marie und Anni
auf einer dunklen Decke. Puppen und anderes Spielzeug
lagen um sie herum verstreut auf dem Boden und sie
sahen mich mit großen Augen und offenen Mündern an,
standen auf und kamen zu uns.

>>Kommt Klara nicht mehr wieder?<< flüsterte Anni
unschuldig fragend und schaute auf den See.

Wie sollte ich es den beiden erklären? Würden sie es
überhaupt verstehen?

>>Nein, Klara kommt nicht wieder, sie ist gegangen und
ich bringe euch jetzt nach Hause.<<

Aber in was für ein Zuhause... die Frage stellte ich mir
und sie war sehr berechtigt. Inzwischen waren seit ihrer
magischen Entführung gute 50 Jahre vergangen. Die
örtliche Polizei musste umgehend verständigt werden,
und Psychologen würden sich den beiden Mädchen
annehmen.

Mein Handy trug ich nicht bei mir, also war ein
Fußmarsch angesagt. Doch die jungen Damen konnten
nicht alleine hier bleiben.

>>Ich werde euch jetzt nach einander an das Ufer bringen. Danach gehen wir ein Stück. Kommt bitte zu mir. Marie mit dir fange ich an.<<

Es war immer noch Kalt, verdammt kalt. Jetzt wo der Nebel verschwunden war, dampfte der Atem deutlich sichtbar vor meinen Lippen. Der Gedanke an das kalte Wasser ließ mich noch stärker frösteln. Über das Wasser laufen war mir leider nicht vergönnt, dass nahm ein anderer für sich in Anspruch. Also musste ich da durch.

Das Ufer schätze ich, lag an dieser Stelle der Insel gut zwanzig Meter entfernt von uns.
>>Lasst mich nicht alleine.<< wimmerte Anni.
>>Ich komme sofort wieder und hole dich, hab keine Angst meine Kleine.<<

Kirsten fand auch ihre Stimme wieder, verlor ihre Scheu. Besiegte die lähmende Kälte, die Angst, die Furcht...
>>Ich bin ja auch bei dir, wir warten gemeinsam..<< sagte sie und fasste zögernd nach Annies Hand, die andere legte Kirsten auf meine Schulter und zog mich zu sich heran.
>>Sei bitte vorsichtig...<< flüsterte sie und gab mir einen Kuss auf die Wange. Ich spürte ihren warmen Atem, er stand als Dunstschleier vor ihrem Mund, verflüchtigte sich nur sehr langsam und schimmerte dabei wie silberner Engelsstaub im grellen Mondlicht.

Marie stand nun vor mir, den linken Arm schlang ich ihr unter ihre Achseln, den rechten Arm um ihre Knie und hob sie hoch. Trotz ihrer geschätzten dreizehn oder vierzehn Jahre war sie leicht wie eine Feder.

>>Du wirst nass werden lieber Chris.<< flüsterte sie.

>>Nicht schlimm, trocknet doch wieder.<< erwiderte ich angestrengt.

Marianne sah mich an.

Ein wunderhübsches Gesicht und ihr warmes Lächeln war zauberhaft. Wenn Marie und Anni die Wahrheit erfuhren, würde es zunächst sehr schwer werden sich im neuen Leben zurecht zu finden. Aber sie waren jung und das gab mir große Hoffnung, dass die zwei Mädchen den neuen Herausforderungen gewachsen waren. Warf man hingegen einen älterer Mensch in eine andere Zeit, so war eine Anpassung bestimmt um so schwieriger, einen alten Baum verpflanzte man nicht so leicht...

Die ersten zwei drei Schritte in das kalte dunkle Wasser...

Das feuchte Nass stand mir schnell bis zur Hüfte.

Hui... es war unfassbar kalt...

Meine Kleidung saugte sich gierig mit dem brackigem Wasser voll. Schritt für Schritt, ging ich quälend langsam Richtung Ufer und immer weiter abwärts. Doch tiefer als gedacht. Der schlammige Boden saugte und zerrte wild an meinen Schuhen, es kostete Mühe sie am Fuß zu halten.

Das Ufer, normalerweise müsste ich näher an das Ufer des Sees kommen. Nur, es kam irgendwie nicht näher...

Einbildung?

Oder trübte die Kälte meine Sehfähigkeit?
Die Kleine wurde langsam schwer und meine angeschlagene Schulter meldete sich wieder.
Der Schmerz biss zu und ich stöhnte kurz auf.
 >>Chris was hast du?<< fragte Marie besorgt.
 >>Hmm, es geht schon, meine Schulter schmerzt ein bisschen und es ist bitterkalt, wie du dir denken kannst...<< Sie sah mir direkt in die Augen und sprach...
 >>Danke Chris, vielen Dank das du uns hilfst, dass du für uns da bist, ich werde auch für dich da sein, wenn du Hilfe brauchst, aber... du wirst es nicht schaffen... wir werden die Insel nicht verlassen können...<< Ihr bezauberndes, unschuldiges Lächeln vermochte ohne weiteres Kometen zum Schmelzen bringen.
 Auch ich sah Marie an, ihre schmalen Lippen bewegten sich, da traf es mich wie ein Blitzschlag.
Meine Nackenhaare standen aufrecht, Tränen in den Augen und zum tausendsten Male packte mich ein Schauer am ganzen Körper, fraß sich erneut meinen Rücken rauf und runter...
Nichts... keine Atemwolke verließ ihren Mund... sie sprach mit mir, doch die kleine Marianne atmete nicht.

XXX

$\mathcal{D}$ie andere Seite, das Grauen, der Horror der nackte Wahnsinn schlug erneut und brutal zu.

Mir wurde schwindelig, Übelkeit stieg in mir hoch und ich musste mich sehr anstrengen um nicht mit Marie auf dem Arm einfach umzufallen.

Wieder jagten mir tausend Dinge durch den Kopf. Mein Atem keuchte, stoßweise kam der Dampf aus meinem Mund. Doch bei der Kleinen konnte ich nichts erkennen. Ich trug ein totes Mädchen auf meinen Armen...

Wussten die beiden nichts davon?

Wollten die Mädchen es nicht war haben? Oder haben sie es verdrängt?

Ich wollte etwas sagen, Marie erklären was passiert war, suchte nach Antworten. Mir fiel einfach nichts ein und warum kam der Rand des Sees nicht näher? Ich werde es nicht schaffen? Warum nicht?

>>Du ringst nach Worten nicht war, Chris? Ich kann es in deinen Augen lesen... und es dir nachfühlen...<< Maries Stimme durchbrach meine Gedanken und irritierte mich aufs Neue.

Spielte sie ein Spiel mit mir?

>>Du brauchst dich nicht zu Quälen... es ist alles in Ordnung so wie es ist...<<

Sie streichelte über meine Wange, lächelte und drückte sich an mich und sprach weiter.

>>Deine Absichten sind gut, du warst bereit uns zu helfen... uns zu retten, dafür bin ich dir dankbar Chris, du bist ein guter Mensch.<<

>>Doch wir sind nun auf ewig an den See und der Insel gefesselt. Wir können ihn nicht verlassen. Anni weiß nichts davon und ich muss bei ihr bleiben um sie zu schützen, um eine ewige Lüge zu bewahren.

Chris, sehen kannst du uns nur sehr selten, nur in der Zeit der Gründertage des Klosters und nur im strahlenden Mondlicht...<< Das war wieder starker Tobak und den musste ich erst einmal verdauen.

>>Das ist eine unglaublich leidvolle Geschichte kleine Marie. Gern würde ich mehr für euch tun, euch erlösen, die Kraft geben das alles hinter euch zu lassen und neu anzufangen.<< meine Stimme zitterte vor Kälte... und sagte ich eigentlich das richtige?

Ich sah ihr direkt in die Augen und hörte Marie weiter gespannt zu.

>>Du hast schon so viel für uns getan. Bist für uns da, das ist genug. Klara hätte uns nie gehen lassen. Bis in eine endlos, quälend lange Ewigkeit, hätte sie uns hier behalten... wir sollten Spielen... das hörte Klara so gern.

Was würde ich dafür geben noch einmal meine Mutter, meinen Vater, meinen Bruder ein letztes mal wieder zu sehen... doch das Schicksal hatte etwas anderes mit uns vor...<< sagte sie.

Mein Blick wanderte hinauf zum Mond. Einige Wolken waren nun doch da und schickten sich an die helle Scheibe zu verdecken.

Es wurde schlagartig etwas dunkler. Marianne trug ich immer noch auf den Arm und traute meinen Augen nicht...

„... nur im strahlenden Mondlich..."

Sie sprach die Wahrheit, Marie wurde zeitlupenhaft durchscheinend und löste sich in Sekunden auf. Dabei wollte mir Marie noch etwas sagen...

>>*Chris*...<< vernahm ich den verwehenden Hauch ihrer Stimme.

>>Es ist so wundervoll... so wie es ist... und doch, es gibt noch eine Möglichkeit der Erlösung... eine letzte Möglichkeit...<<

>>Was für eine Möglichkeit, Erlösung???? Marie... Marie...<< rief ich, doch Marianne hörte mich nicht mehr.

>>*Das gibt es doch nicht*...<< polterten die Worte aus laut meinem Mund... aber so langsam wunderte mich hier gar nichts mehr, denn beide Mädchen waren verschwunden.

XXX

*F*rierend und alleine stand ich immer noch bis zum Bauchnabel im Wasser und spürte meine Beine kaum noch.

>>Chris... bitte... ich...<< Kirsten weinte erneut, sie war fix und fertig.

Mit letzter Kraft betrat ich wieder das Ufer der Insel, atmete tief durch. Meine neue Bekanntschaft rannte auf mich zu und nahm mich wild in den Arm.

>>Ab jetzt geh bitte kein Schritt mehr ohne mich...<<

>>Das verspreche ich dir...<< erwiderte ich sanft, streichelte mit halb erfrorenen Fingern ihre eiskalte Wange, nahm nun Kirsten wie Marie auf den Arm und stieg erneut in das furchtbare Nass, woher ich die Kraft nahm... ich wusste es nicht, vielleicht der pure Überlebenswille.

Die blonde Frau war wesentlich schwerer und auch etwas größer als Marie. Kirstens Stiefel und ihr Hinterteil hingen halb im Wasser. Ohne magische Fallen oder anderen Tricks schaffte ich es Kirsten unversehrt ans andere Ufer zu bringen, dabei zog mich meine blonde Begleitung regelrecht aus dem Wasser, ich war mit meiner Kraft nun vornehmlich am Ende, sank auf meine Knie und atmete zwei drei Mal kräftig durch bevor ich wieder zu Sprechen in der Lage war.

>>Wir brauchen einen Platz wo wir uns aufwärmen und die Sachen trocknen können.<< sagte ich bibbernd.

Kirsten erging es genauso.

117

Ihre Zähne klapperten auf einander und zeigte mir ein wohl missglücktes, dennoch zauberhaftes Lächeln.

>>Dann gehen wir schnell zurück zum Café. Und sag mir bitte was das hier für ein Horror und Wahnsinn ist bevor ich komplett verrückt werde.<< sagte sie kaum verständlich, ihr Zähneklappern war hingegen gut zu verstehen.

Pitschnass, die Energie aufgebraucht, halb erfroren, die Schulter schmerzte, meine Rippen brannten lichterloh... Konnte es noch schlimmer kommen?

Ja........!!!

>>So mein Freund... und nun bitte die Hände da hin, wo ich sie sehen kann, junge Frau sie natürlich auch. Und ich sage das bestimmt nicht zwei Mal...<<

XXX

*F*urchtbar erschrocken sah ich in die Richtung, aus der mich der Ruf erreichte.

Ein Polizist mit Pistole und Taschenlampe im Anschlag kam auf uns zu gerannt und blieb wenige Meter vor mir stehen, dicht gefolgt von einem zweiten Beamten der dank seiner Leibesfülle erst einmal tief durch pustete, wobei man Angst bekam, er würde in der nächsten Sekunde kollabieren..

Der größere von den Beiden Beamten übernahm das Wort.

>>Wir haben eine Frau schreien hören... und wo ist die dritte Person die eben noch bei ihnen war? Ich will Antworten!!! Erwin, pass gut auf ihn auf!<<

>>Ok Peter, keine Angst, ich lass die beiden nicht aus den Augen.<< versprach Erwin Atemlos.

>>Sag mal bist du das etwa? Kirsten, Kirsten Gerber?<< rief Peter erstaunt.

>>Erwin, Peter... ja ich bin es, die Kirsten. Bitte seit doch so nett und nehmt die Pistolen runter, es gibt keine Gefahr... macht bitte keinen Unsinn, es ist alles in Ordnung...<<

Die Situation musste sich erst einmal beruhigen. Brav streckten Kirsten und ich unsere Hände in den Sternen übersäten Nachthimmel.

Dieser Erwin, immer noch aus der Puste, zielte mit seiner Walter PPK abwechselnd direkt auf meinen Kopf und meiner Brust.

Je nachdem ob er ein oder ausatmete. Ich hoffte er hatte seinen wurstigen Zeigefinger gut unter Kontrolle.

>>Wenn sie mich lassen, bekommen sie sofort ihre Erklärung.<< erwiderte ich vorsichtig.

Das Adrenalin schoss in meine Blutbahn und irgendwie verdrängte es das Kältegefühl.

>>Peter, der Typ ist ja total nass. Der holt sich den Tod... man das Freibad ist woanders... was für ein Freak bist du? Gehst hier nachts baden... Kirsten, hat er dir was angetan, hat er dich angefasst? Nimm doch deine Hände runter und du Freundchen lässt sie schön oben...<< Schnaufte Erwin ärgerlich.

>>Hier wird erst der Samariter gespielt wenn ich Antworten auf meine Fragen bekommen habe... so lange ist Frieren angesagt, also, was ist?<< plärrte Erwins Kollege.

>>Nun, wir sind überfallen worden und man hat mich in den See gestoßen, dass war übrigens die kurze Version.<<

>>Tolle Geschichte... Respekt... ihren Namen möchte ich jetzt hören und zwar schnell.<< blaffte Peter.

>>Mein Name ist Grant, Oberkommissar Christoph Grant, Sondereinheit der Kripo Frankfurt. Ich bin auf der Durchreise und ging mit der jungen Damen die sie ja kennen am See spazieren. Den Rest kennen sie. Darf ich ihnen meinen Ausweis zeigen? Und sie da hinten, nehmen sie endlich die Kanone runter...<<

Mein Ton änderte sich langsam, die Kälte und Unwissenheit machten mich ärgerlich.

>>Oh... ein Kollege aus Frankfurt. Das wird ja immer lustiger. Kirsten... nimm doch bitte deine Hände runter, geh ein Stück zur Seite... und stimmt die Geschichte, kannst du die Version bestätigen? Freundchen, wenn du uns hier nur verarscht dann...<<
Weiter kam dieser Peter nicht.

Die Wolke am Himmel zog vorüber und der Mond strahlte erneut in seiner ganzen wild romantischen, kalten Pracht.
Doch diese Tatsache erschreckte den Kollegen vor mir nicht.
Neben mir erschien, wie aus dem Nichts Marie und begrüßte die zwei Staatsdiener auf ihre Art...

XXX

>>*E*inen wunderschönen guten Abend die Dame und auch den beiden unbekannten Herren, ich hoffe, ich habe niemanden erschreckt... hallo lieber Chris...<<

Marianne schlang ihre Arme um meinen Hals und gab mir einen nasskalten Kuss auf die Wange, sprintete los, stürmte an Peter vorbei auf Erwin zu.

Der war total überfordert mit der Situation.

>>Stehen bleiben...verdammt nochmal... bleib sofort stehen. Was ist hier los? Wo kommt denn das Mädchen her??<< schrie Erwin überrascht.

Das was ich befürchtet hatte traf ein.

Der Schuss löste sich mit einem ohrenbetäubenden Knall.

Marie wurde mitten in die Brust getroffen. Wie trockenes Herbstlaub im Wind schleuderte sie herum und stürzte ins Wasser.

Für zwei drei vier lange Sekunden sagte niemand etwas, war die erdrückende Stille die dominierende Lautstärke, bis Erwin wieder losbrüllte...

>>Nein... was hab ich getan... das Mädchen... ich habe das Mädchen angeschossen... so eine verdammte Scheiße...<< Der beleibte Polizist konnte es nicht fassen.

>>Bist du Wahnsinnig? Erwin... nein, was hast du getan.<< Schrie Kirsten den rundlichen Polizisten an, ging drei lange Schritte auf ihn zu und schlug ihn mit der flachen Hand ins Gesicht.

Peter reagierte als Erster, zog sich hastig die Jacke aus und sprang der kleinen Marie hinterher.

Wie auf Kommando und von mir irgendwie nicht ganz unerwartet wurde der Mond wieder verdunkelt.

Alles begann von vorne.

Alles zurück auf Start...

>>Es ist zwecklos zu suchen, sie werden nichts finden... glauben sie mir...<< sprach ich ihn mit lauter aber beinahe unkontrollierbarer zitternder Stimme an.

>>Was macht sie da so sicher? Was haben wir da gerade gesehen oder auch nicht gesehen?<<

Patschnass wühlte sich der Polizist aus dem kalten See, spukte dabei eine Ladung Moorwasser aus, ich reichte ihm meine Hand. Nass... da waren wir ja schon zu dritt.

Erwin stand immer noch, wie zur Betonsäule erstarrt, mit seiner Waffe in der Hand am Ufer und schüttelte ungläubig mit dem Kopf, massierte sich die bärtige Wange.

>>Das wollte ich nicht... was hab ich bloß getan...<< heulte er.

>>Reißen sie sich zusammen man und stecken sie jetzt endlich ihr Schießeisen weg, sonst verletzen sie noch wirklich jemanden. Ich versuche ihnen zu erklären was hier los ist und was passiert ist. Aber vorher müssen wir alle aus unseren nassen Sachen heraus und sie irgendwo trocknen. Das Beste wäre jetzt, sie holen Hilfe oder wir gehen zusammen zurück zur Pension. Ich habe aber das Gefühl wir würden nicht sehr weit kommen, die Geschichte hier ist noch nicht vorbei... gibt es in der Klosterkirche Räumlichkeiten?<<

>>Ok...<< Peter war wohl einverstanden, denn auch er fing zu zittern an.

>>Die Kirche... keine Ahnung... Erwin, was meinst du, am besten gehen wir zum Pilgerhaus. Das ist am nächsten und voll ausgestattet, soweit ich weiß. Vielleicht finden wir bei unserem Glück einen Trockner, oder nen Fön...<<

Erwin fing sich wieder, schüttelte wiederholt mit dem Kopf bevor er antwortete.

>>Ja, dass Pilgerhaus ist in der Nähe. Los, kommen sie mit. Dort können wir uns aufwärmen.<<

>>Halt mich bitte fest Chris...<< Kirstens Stimme war kaum zu hören. Meinen Arm legte ich behutsam um ihre schlanke Taille. Eigentlich trug ich sie mehr als das sie selber lief. Mit den hochhackigen Stiefel war auf diesem Weg nicht an *"normales"* Gehen zu denken.

Mit wachsamen Schritten und schlotternd vor Kälte setzten wir uns schließlich in Bewegung, Erwin übernahm die Führung. Er war auch der einzige der nicht von oben bis unten durchnässt war, dafür plagten ihn andere Probleme. Von Selbstzweifeln gefoltert brummelte er sich nicht verständliches Zeug in den Bart, bis Peter ihm eine Hand auf den Kopf legte und versuchte ihn mit dieser Geste zu beruhigen.

Wir ließen bald den Backteich hinter uns, überquerten abermals den kleinen Bach und gingen ein gutes Stückchen entfernt aber parallel zur Klostermauer entlang. Der Pfad durchschnitt eine weitläufige Wiese, es roch nach Moor und überall stand zentimeterhoch das Wasser in den Pfützen. Ein Schweigemarsch, jeder hing seinen Gedanken nach, versuchte Erklärungen zu finden oder gesehenes zu verarbeiten.

Bei jedem Schritt quatschten unsere nassen Schuhe.

Froh war ich darüber, dass der Mond immer noch hinter den Wolken versteckt war. So wie es aussah, würde der Zustand auch noch eine Weile anhalten.

Eigentlich durfte Marie nichts passiert sein, da war ich mir sicher.

Natürlich konnte ihr nichts geschehen. Eine Tote konnte nicht sterben. Das zu akzeptieren viel mir schwer. So gern hätte ich mehr getan, den beiden den Weg in ein neues Zuhause geebnet. Sie waren zwar der Zeitfalle entkommen, doch nun war mein guter Vorsatz dahin, Tote können keine neue Existenz beginnen. Es steckte kein Leben mehr in Marie und Anni. Nur ein untotes Leben, dass nicht in diese Welt gehörte.

„das nicht in diese Welt gehörte" wiederholte ich in Gedanken noch einmal, denn hier lag das eigentliche Problem...

Wie konnte ich diesem „Spuk" ein Ende bereiten?

Noch immer gab es keinerlei Geräuschkulisse, als befänden wir uns auf einem anderen Planeten, wo dieses Klosterszenario eigens für uns nachgestellt wurde.

Der Wind schlief, alles schlief, nur die Kälte, die Gefühle und das Grauen waren sehr Real in dieser Welt.

Erwin hustete laut und deutete mit seinem ausgestreckten Zeigefinger nach rechts.

>>Wir müssen ein Stück diesen Weg gehen, dann rechts durch das große Tor mit dem Steinbogen, dann sind wir am Haus.<<

Der Weg zog sich noch ein paar Meter dahin... die Beine wurden immer schwerer...

Die kleine Eingangstür zum Pilgerhäuschen war *"selbstverständlich"* verschlossen.

>>Ich sehe keine andere Möglichkeit.<< stellte Erwin fest.

>>Es ist zwar nicht ganz legal aber der Zweck heiligte in diesem Fall nun mal die Mittel.<< brummte er weiter.

Ein kurzer Anlauf und seine einhundert-fünfzig Kilo krachten mit brutaler Gewalt gegen die Tür.

Kirsten zuckte heftig zusammen, immer noch ein kleines verschrecktes Nervenbündel, aber wer konnte das nicht verstehen.

Das barock anmutende, eingerostete Messingschloss gab sofort nach, verbog sich unter dem brachialen Hieb. Die schwere Eichentür schleuderte mit Wucht nach innen und knallte geräuschvoll gegen die Wand.

>>Bitte schön...<< freute sich Erwin, verzog schmerzverzerrt sein Gesicht und rieb sich dabei die Schulter.

 >>Die nassen Damen und Herren können jederzeit problemlos eintreten, bitte an der Rezeption ihre Personalien hinterlassen...<< fügte er scherzend hinzu.

 >>Hast dich ja wieder gefangen...<< kommentierte Peter kurz.

 >>Nur für den Moment...<< erwiderte Erwin knapp.

 Wir gingen hinein in das kleine Pilgerhäuschen, dass Erste was mir auffiel, es roch sehr stark nach Lavendel... der enge lange Flur der uns erwartete löste Beklemmung aus, die jedoch schnell wieder verschwand. Diese Unterkunft bestand, außer dem Flur und dem Bad, eigentlich nur aus einem großen Raum und war meiner Meinung nach urgemütlich eingerichtet.

 Eine kleine Miniküche, die schon einige Tage auf dem Buckel hatte, ein eckiger aus alten, dicken Holzbohlen gefertigter Tisch in der Mitte. Alte weiß getünchte wurmstichige Schränke, in der hinteren rechten Ecke stand ein uraltes Doppelbett, viel Holz, wirklich mit viel Liebe eingerichtet. Peter erklärte mir, Reisende, Pilger, können sich hier Tageweise einquartieren.

Erwin reparierte derweil so gut es eben ging die lädierte Tür, so das man sie wenigstens schließen konnte und brachte danach ein Gas- Katalytofen in Funktion.

 Die herzlich willkommene Wärme breitete sich schnell aus. Kirsten fand das Bad zuerst, öffnete die Tür und wirklich...

Hier gab es tatsächlich ein Wäschetrockner.

Sogar ein alter Fön, der aussah wie eine Requisite aus einem Star Treck Film der ersten Stunde, lag in einem bereit gestellten Bastkörbchen. Auch warme Baumwolldecken mit denen wir uns einwickeln konnten gab es genug.

>>Chris, ich verziehe mich ins Bad und versuche meine Hose und Stiefel trocken zu föhnen. Reicht mir dann eure Sachen, zum Trocknen hinein.<< ordnete sie an.

Schnell zogen wir unsere patschnassen Klamotten aus die ich Kirsten ins Bad brachte. In Höhe des Bauchnabels hielt ich die um meinen Unterkörper gewickelte Decke fest, meine Shorts war natürlich auch nass und ich musste sehr komisch ausgesehen haben, jedenfalls Kirstens Lacher nach zu urteilen, doch hier heiligte der gute Zweck, zum zweiten Male, die einfachen Mittel... Peter erging es nicht anders.

Meine Füße fühlten sich wie gefühllose Eisklumpen an und waren nur noch partiell zu spüren. Die Decke wärmte hervorragend. Meine blonde Begleiterin kam ebenfalls in einer warmen Decke gewickelt einige Minuten später aus dem Bad und gesellte sich zu uns. Der Fön allein schaffte es nicht ihre Jeans zu trocknen, dass enge Beinkleid verschwand ebenfalls in dem Trockner. Neben mir, auf der altertümlichen Eichenholzbank nahm sie Platz und gab mir einen Hauch von Kuss auf meine Wange. Ihre Lippen fühlten sich kalt und spröde an.

Der Trockner brummte seine Nachtmelodie, der Kaffee tröpfelte einer Arie, einer Kantate gleich und dabei wundervoll festlich duftend in die zerbeulte Isolierkanne. Es fehlten nur noch Croissants und feinste Konfitüre... Erwin, der perfekte Hausmann...

Wir tauten langsam auf, in meinen Füssen stach es dabei bestialisch, ein gutes Zeichen.

Beim Kaffee trinken und im Kerzenschein, erläuterte ich den drei Anwesenden oberflächlich meine Arbeit in der Sonderkommission. Auch Kirsten hörte aufmerksam und gespannt zu.

Spezialeinheit für übersinnliche Phänomene und paranormale Aktivitäten.

Sondereinsätze bei denen es oftmals um Leben und Tod ging. Magie, Zauberei, Paralellwelten, finstere Geschöpfe der Nacht. Eine rationale Erklärung gab es hierzu nicht. Doch gab es auch die Illusionen, Chemie, Biologie, Elektronik. Allen finsteren Machenschaften widmeten wir unsere Aufmerksamkeit.

Sie nahmen das Erzählte, Gehörte so hin. Unterbrachen mich auch nicht. Stellten keine weiteren Fragen. Ernste Minen, kein abfälliges Gelächter.

Mein Ausweis und das Erlebte untermauerte die Geschichte. Das ich diesen „Beruf" noch nicht lang ausübte behielt ich lieber für mich, keinesfalls hatte ich vor meine Mitstreiter in dieser Angelegenheit zu sehr zu verunsichern.

Dann erfolgte mein Vortrag über das aktuelle Geschehen, dem vorliegenden Fall.

Natürlich erwähnte ich das Seniorenheim, die Geschichte der Dame, Hexen, Wiederauferstehung, die Bank auf der wir angegriffen wurden, die kleine Insel der Nebel, die Totenkopffrau, mein Amulett, was ich bisher noch nicht wiederfand, und natürlich Marie und Anni...

Auch sprach ich von einer gewissen Parallelwelt in der wir uns wohl temporär befanden. Das Ziehen im Nacken bei dem passieren des Klostertores, was Peter mir bestätigte.

Nach meinen Worten schwiegen wir uns sekundenlang an, jeder verfing sich in seinen eigenen Gedanken, bis Kirsten die Stille unterbrach.

>>Es ist einfach furchtbar, wie kann so etwas passieren... wie kann es so etwas geben? Marianne... Marie... das ist meine verschwundene Tante. Das muss so um 1962 gewesen sein, ich habe sie sofort wiedererkannt. Es gibt viele Bilder von ihr. Bis zu dem Tag wo sie mit ihrer Freundin Anni nicht mehr nach Hause kam.

Man mobilisierte Polizei, die Feuerwehr und Freunde, aus purer Verzweiflung wurde der Klosterforst immer und immer wieder durchsucht, doch die beiden Mädchen blieben verschwunden, wie vom Erdboden verschluckt... schließlich resignierte man und gab die Suche schweren Herzens auf. Es ist einfach unglaublich, unfassbar...<< Kirsten schüttelte ihren Kopf.

>>Ja, ich meine auch davon gehört zu haben. Steht in der Dorfchronik.<< Erwins Stimme brummte abermals wie ein Bär.

>>Auch gab es in dieser Gegend die Inquisition, Folter und Hexenproben, so nenne ich das mal, in dieser Gegend und nicht einmal wenige. Jeder bespitzelte jeden, ein wenig wie die Stasi des Mittelalters. War eine dieser angeblicher Hexen dann tatsächlich eine? Diese Klara? Neid, Missgunst, wenn eine Frau so wundervoll aussah, dass ihr alle Männer stummen Blickes zu Füßen lagen, so wurde sie kurzerhand zur Hexe erklärt. Schon irre Zeiten damals, für eine hübsche, gutaussehende Frau war es in diesen Tagen nicht leicht...<< Peter fixierte nach seinen Worten seine Schuhspitzen, schüttelte ebenfalls langsam mit dem Kopf.

>>Das möchte ich nicht verneinen, dazu kenne ich mich zu wenig mit der Loccumer Geschichte aus.

Ich werde mich wohl etwas intensiver damit beschäftigen müssen. Vielleicht gibt es noch einen ähnlichen Fall, der im Verborgenen lauert.<< gab ich als Antwort.

Kirsten mischte sich ein und übernahm das Wort.

>>Ja, Hexenproben, dass ist richtig, die Tränenprobe, die Wägeprobe oder das Hexenbad also die Wasserprobe zum Beispiel. Neid und Missgunst auch das waren gern genommene Argumente, welche ein Mann gern benutzte wenn eine Frau ihn abwies, so war sie eben eine Hexe...

...es mussten sich nur genug trinkfeste „Kumpels" finden die die Anschuldigungen bestätigten, mit Unterschrift natürlich. So kam es dann zu einer Anzeige.

Im siebzehnten Jahrhundert wurden gut 33 angebliche Hexen oder Hexer im Stiftsgebiet Loccum zu Tode gebracht, Gesche Köllers war wohl das bekannteste Opfer und auch die letzte Leidtragende, dass muss gegen 1660 gewesen sein, der zweite Juni meine ich. Die Witwe Gesche Köllers, oder auch Gese Köllars, dass war so eine Beispiel, Gerüchte besagen, sie wies ihren Nachbarn ab der um sie Buhlte. Dieser Nachbar, der Name ist bekannt, mir im Moment aber entfallen, zeigte Gesche Köllers wegen „Hexerey" und „Zauberey" an und das Übel nahm seinen bekannten Lauf. Es kam zur Wasserprobe die sie wohl selbst verlangte, aber sie ging nicht unter... dann folgte die Folter, die Grausamkeiten hielt die Witwe nicht durch und gestand... Sie wurde zum Ende hin sogar begnadigt, vom Herzog Georg Wilhelm von Braunschweig, so sollte sie nicht mehr verbrannt werden, sondern es gab eine „mildere" Strafe, sie wurde Geköpft.

Man muss sich das mal vorstellen, wir würden in das Mittelalter versetzt, mit einem Sender und Empfänger knipsten wir ein Licht im Hause an und wieder aus. Ruck zuck sitzen wir auf dem Scheiterhaufen wegen „Zauberey". Traurig ist es auch, dass man erst nach knapp vierhundert Jahren an Rehabilitation der geknechteten denk.

Jetzt fällt mir noch etwas ein... in der Nähe des Backteiches oberhalb der Fulde gibt es einen viel kleineren Teich, genau... den sogenannten Hexenteich... hier wurden die Wasserproben abgehalten.

Die Wasserprobe also, die armen Menschen wurde mit den Daumen an die gegenüberliegenden Zehen gefesselt und an ein Seil gebunden, ins Wasser hinabgelassen, in einem Fluss oder Teich. Schwimmen war das Zeichen der Schuld und damit die Hexerei erwiesen.

Sank der Körper ins Wasser, so galt die Angeklagte als unschuldig, meistens ertrank die Person dann aber.

Insgesamt war es vorgesehen die Probe bis zu drei Mal zu wiederholen. Eine Vorstellung war, dass der Teufel zusammen mit der angeblichen Hexe im Wasser verweilte und ihr Absinken verhinderte. Eine andere Vorstellung beruhte darauf, dass Hexen sehr leicht sein mussten, um fliegen zu können und daher nicht untergingen. Die Wasserprobe wurde zumeist bei Mitgliedern unterer Klassen angewendet. Vielleicht wurde Klara so einer Prozedur unterzogen?<< Kirstens Redeschwall war beendet und sah nach ihren Worten fragend in die Runde.

>>Hey, mit deinem hervorragendem Wissen könnte ich dich glatt in unser Frankfurter Team aufnehmen... in diesem Fall war es denke ich anders. Klara erzählte mir, dass sie freiwillig in den Tod ging, aber vielleicht wurde sie vorher gefoltert, wie Gesche Köllers, wer weiß das schon...<<

In den Köpfen meiner drei Begleiter hineinzusehen, das ging leider nicht. Doch nur all zu gut konnte ich mir vorstellen, wie es darin aussah. Sie wurden das erste Mal mit dem absoluten Bösen, mit dem Grusel und Grauen einer anderen Welt jenseits der Vorstellungskraft konfrontiert. Jeder sollte auf seiner Art und Weise damit fertig werden müssen, auch wenn es noch so schwer war. Das Gespräch schlief für Sekunden ein, und ich belebte es mit meinen Worten wieder...

>>Dazu habe ich noch eine, nennen wir es „Weisheit" beizusteuern. Nicht um den damaligen Ereignissen einen Freibrief auszustellen, ganz im Gegenteil, diese Abscheulichkeiten der Hexenverfolgung an Frauen und Männern hätte nie passieren dürfen. Ich versuche nur vorsichtig das „Warum" zu erklären. Es gibt sicher zahlreiche Interpretationsversuche. So gibt es zwei Möglichkeiten ein Volk in Schach zu halten, die Furcht und die Hoffnung. Zu damaligen Zeiten regierte die Furcht... pure grauenvolle Angst wurde verbreitet um das Volk gefügig zu machen. Heute ist es eher die Hoffnung... die Hoffnung sich das leisten zu können was sich gerade der Nachbar leisten kann... oder die Angst seinen Arbeitsplatz zu verlieren, vielleicht besaß beides an Gültigkeit in der heutige Zeit, so unterschiedlich waren die Machenschaften des Mittelalters und der Neuzeit gar nicht... oder?<<
Zustimmendes Kopfnicken erntete ich mit meinen Ausführungen.

Der Trockner unterbrach unser Gespräch, piepte im Sekundentakt, unsere Kleidung war offensichtlich fertig.

Kirsten sprang auf, sauste als Erste ins Bad und ließ dabei viel zu voreilig ihre Decke fallen. Da sie nur noch ihren schwarzen enganliegenden Wollpulli trug, dieses Nichts von String einmal außer Acht gelassen... war es mir vergönnt einen kurzen Blick auf ihr atemberaubend wohlgeformtes Hinterteil zu erhaschen...

Die Badezimmertür fiel für mich eigentlich viel zu schnell ins Schloss. Es passte zwar nicht hier her und schon gar nicht in diesem Augenblick, aber irgendwie war ich froh über diese paar Sekunden der Ablenkung. Auch Peter blickte ihr unauffällig auffällig nach, sah danach mich an, grinste kurz und kniff ein Auge zu. Fertig angezogen aber barfuß brachte sie uns die noch Trockner-warmen Sachen. Kirsten drehte sich brav um und auch wir zogen uns schnell wieder an.

Dabei bemerkte ich, dass auch sie grinsend einen Blick erhaschte...

>>Das gibt es doch nicht, aber passt zu unserer Gesamtsituation... der Stiefelreißverschluss klemmt, bitte hilf mir mal...<< jammerte die junge Frau und kam mir humpelnd entgegen.

>>Zeig mal her...<< Ich ging in die Knie, mit ein wenig Geschick und Kraftaufwand löste ich den verdreckten Verschluss wieder.

>>Danke, lieb von dir.<< Kirsten zog sich den Stiefel an und krallte sich dabei an mir fest.

Wieder wurde mir schmerzhaft bewusst, das meine Schulter noch nicht ganz in Ordnung war.

>>Da fällt mir was ein lieber Chris... habe ich völlig vergessen... das hier habe ich gefunden, oder ich sage mal, es lag plötzlich vor mir als du mit Marie durch das Wasser zum Ufer gingst.<< Sie zog etwas an einer Kette hängend aus ihrer Hosentasche.

>>Hat den Trockner wohl überlebt... ohne Beule... nur die Kette ist kaputt...<< Kirsten verzog ihren Mund und warf ein süßes entschuldigendes Lächeln hinterher.

Da war es also, dass gute Stück aus dem Weltall...

>>Danke Kirsten, ich dachte bereits ich hätte sie unwiederbringlich verloren.
Dieses Licht was von der Scheibe aus ging, es trieb Klara in den See zurück und rettete uns, danach habe ich meinen Talisman nicht mehr gesehen, ihn aus den Augen verloren.<< ich gab Kirsten einen Schmatzer auf die Wange, und ich freute mich riesig dass das gute Stück wieder auftauchte.

>>Das es so etwas gibt... Licht aus einer Metallscheibe... eine Gestalt fällt ohne Geräusche in den See... zum Verrückt werden ist das... Geister... also doch keine Märchengeschichten, keine Traumwelt? Alles real? Jetzt sind wir gezwungen alles neu zu überdenken?

Was erzählen wir unseren Kindern? Da draußen laufen oder liefen wirklich Hexen rum?<< brummte Erwin erneut, und sah uns der Reihe nach an...

>>Was ist das bloß für eine verrückte Welt. Ich sehe mich mal etwas um und muss mich beruhigen...<<
Zielstrebig und unaufhaltsam stampfte der gut beleibte Polizist aus dem großen Zimmer in den Flur.

Wie zufällig wanderten meine Augen zu einem der hübsch verzierten Fenster und sah hinaus, jedenfalls war das meine eigentliche Absicht.

Doch jemand hatte etwas dagegen und versperrte mir die Aussicht..

Der Nebel...

XXX

$\mathcal{E}$rwin hatte bisher in seinen achtundvierzig Jahren, noch nie so einen Blödsinn gehört wie heute Abend. Spinnen denn jetzt alle?

Sogar die Kollegen aus dem Frankfurter Sonderdezernat?

Er war kein großer Freund der Kirche, dass gab er gerne zu. In manch einer Situation gab es dann doch schon mal ein Gebet in Richtung Himmel.

Aber Geister und Gruselwelten? Nein, nein... nochmals nein. Mochten die da drin doch denken was sie wollten.

Die kleine ist aus dem Nichts erschienen, einfach so. **„Das war doch ein Trick"** dachte er. Eine andere Erklärung schien ihm völlig abwegig zu sein. Doch, und das gestand Erwin sich ein, es war ein verdammt guter Trick.

Der rundliche „Brummbär" durchschritt den beklemmenden Gang, öffnete die lädierte Tür, ging hinaus und trat hinein in den Nebel. Er schüttelte überrascht den Kopf.

>>Schon wieder diese Dunst, wo kommt der nun wieder so schnell her...<< flüsterte der Beamte. Kein Geräusch drang an sein Ohr, nur die erbarmungslose Kälte empfing ihn.

Er bog nach rechts ab, dann ein paar Meter gerade aus den Weg entlang. Überall diese helle Suppe. Nur ein paar Zentimeter Sichtweite.

Er konnte kaum Atmen, nichts erkennen oder hören.

Selbst seine Schritte und gesprochenen Worten erreichten seine Ohren nur gedämpft.

>>Das ist ja komisch, schlimmer wie in einem türkischen Dampfbad... nur nicht so warm...<< grummelte er leise.

>>Heute bleibt mir auch gar nichts erspart.<< Erwin streckte eine Hand aus um nicht gegen ein Hindernis zu stoßen.

Da... ein Geräusch?

>>Hallo?<< flüsterte Erwin nun etwas ängstlich.

Nichts...

Da war einfach nichts... Oder?... doch etwas!!

Noch ein halber Schritt vorwärts. Seine Hand verschwand im Nebel, tastete... und fühlte etwas.

Weich, klamm... das waren Haare... er zog seine Hand hastig zurück.

>>Wer ist da?<< rief der Polizist laut und die Antwort ließ nicht lang auf sich warten...

>>Nun, schieß- doch auf mich, dass kannst du doch so gut, dann weißt du wer hier ist. Und jetzt werde ich dir eine kleine Lektion erteilen...<<

Erwin schoss blitzartig die Szene am See durch den Kopf. Die kleine Marie stand direkt vor ihm, doch das junge Mädchen sprach mit einer Stimme, die irgendwie nicht zu ihr passte.

>>Nein, bitte... glaub es mir... es war keine Absicht...<< stammelte er fast weinerlich...

Glitzernde Eisnadeln stachen tief in seine Haut, ließen ihn vor Schmerz aufstöhnen.

>>Was machst du... was ist das...<<
Der Polizist versuchte sich zu wehren, sich dem was auf ihn einwirkte entgegen zu stellen, doch es half nichts.
Seine Knie versagten den Dienst.
Langsam brach er zusammen. Es waren vorerst seine letzten Worte die er in seinem Leben sprach...

Marie fing an Erwins Herz zu vereisen und seine Seele vorzubereiten sich für immer und ewig mit dem Geisternebel zu vereinen.

XXX

*U*nser Erdtrabant leuchtete wieder mit all seiner Kraft, umhüllt von einem trüben diamantenen Schleier, nur leicht verdeckt von dem einsamen Dachreiter der Klosterkirche. Normalerweise ein sehr romantischer Anblick...

>>Nein... nicht raus gehen... Erwin, halt... hier bleiben.<< rief ich lauthals und sprang auf.

Zu spät er war schon draußen und nicht mehr zu sehen.

>>Hey, erschreck mich doch nicht so, was hast du denn, was ist passiert?<< Kirsten sah mich entgeistert an.

>>Wo kommt der Nebel so plötzlich her?<< wunderte sich Peter, er sah es nun auch.

>>Genau so fing es mit dieser Klara an, nach dem wir auf der kleinen Insel erwachten, was ich vorhin erzählte...<<

>>Moment, sie sagten doch Klara wäre endgültig vernichtet?<<

>>Tja, genau „das" habe ich bis eben auch gedacht.<<

Kämpfte ich hier mit stumpfen Waffen? Was war das jetzt wieder für eine Teufelei? Keine Antworten.

>>Wir müssen nachsehen wo Erwin ist, kommt mit aber bitte vorsichtig. Oder möchtest du hier bleiben und auf uns warten?<< wand ich mich an Kirsten.

Kirsten schüttelte heftig mit dem Kopf.

>>Niemals im Leben, nein, auf keinen Fall bleibe ich hier alleine zurück... ich möchte in deiner Nähe bleiben. Das ist schon alles irre genug und dann noch alleine hier, dass halte ich nicht aus....<<

Ihre Stimme klang heiser. Ihre Fingernägel krallten sich erneut schmerzhaft in meinen Arm.

>>Wir haben es hier mit Kräften zu tun die weit über eure Vorstellungskraft hinaus gehen...<<

>>Muss ich das hier verstehen, oder? Der Polizist sah mich Fragend an.

>>Und Christoph, Kirsten... passt bitte auf, der Weg ist sehr schmal, da kommt gleich das Ufer zum Brauteich.<< Peters Misstrauen gegen mich schien verflogen.

>>Peter, ich kenn mich hier aus...<< Kirsten winkte ab.

>>Ich mein ja nur, keine übereilte Aktion...<<

Da war ich mit ihm einer Meinung.

Der Kollege nickte mir und Kirsten zu und so verließen wir das schützende Pilgerhäuschen und tauchten ein in den feuchten bitterkalten Dunst.

Wieder diese frostklirrende Kälte. Es mussten gefühlte minus zwanzig Grad sein.

Null Sicht und jegliche Geräusche wurden verschluckt.

>>Erwin... Erwin...<< Peter rief laut nach seinem Kollegen, die Worte verließen seinen Mund und versickerten augenblicklich im zähen Nebelbrei...

Sein Kollege meldete sich nicht, keine Antwort.

>>Ist das schattig hier, das gibt es doch gar nicht.<< beschwerte sich Peter.

Wir tasteten uns vorsichtig Stück für Stück voran.

>>Wo steckt der Kerl? So weit weg kann er doch gar nicht sein...<<

Was kam noch auf uns zu? So langsam sollte eine Entscheidung her, ich legte also meine Hände als Schalltrichter um meinen Mund, holte tief Luft und rief...

>>Klara... oder wer immer du auch bist... spiele kein Spiel mit uns... zeig dich, sofort!<<
Es musste etwas geschehen also ging ich aufs Ganze.

>>Chris... hinter dir... Vorsicht...<< Kirstens zitternde Stimme alarmierte mich... zwei Arme umfassten mich plötzlich von hinten und jemand drückte sich an mich.

>>Hallo Chris... da bin ich wieder...<<
Das junge Mädchen überraschte mich total, mein Herzschlag erhöhte sich denn es wurde immer kälter...

>>Marie, dir ist nichts passiert, das ist gut. Ist Klara in der Nähe? Wo kommt der Nebel her und wo ist der Polizist der auf dich geschossen hat?<<

>>Nicht so viele Fragen auf einmal... Klara ist nicht da... oder vielleicht doch?...<< Sie kicherte...

>>Der Nebel gehört zu mir und den dicken bösen Mann musste ich bestrafen..<<

>>Mein Gott Marie, was hast du mit ihm gemacht?<<
Eine böse Vorahnung keimte in mir hoch...

>>Wo ist er? Wohin hast du ihn gebracht?<< auch diese Frage war eigentlich überflüssig, und leicht zu beantworten.

>>Auf der kleinen Insel mein lieber lieber Chris... er kann dir und mir nichts mehr anhaben...<<

Ich packte Marianne fest an den Schultern, zog sie heran und sah sie an.

Keine Schussverletzung zierte ihren Oberkörper aber sie war noch nass von dem Sturz in den See. Doch auch bei ihr war kein Laut zu hören als es passierte... als fiele sie in Luft... dennoch war Marie pitsch nass... ich besaß keine Erklärung...

>>Kleines, ich weiß, du wolltest mir nur helfen, mich beschützen... das war auch wirklich lieb von dir, doch gib den Mann wieder frei, bitte...<<

Ihr hübsches Gesicht, so Mädchenhaft.
Ihr geflochtener Zopf, der lang ihren Rücken hinabfiel... war sie in der Lage Menschen böses anzutun?
>>Klara hat mir ihre Hexenkräfte überlassen. Sie kann dem Wasser nicht mehr entkommen, sie ist gebannt... doch etwas von ihr ist noch da... und das besitze nun ich... und das macht viiiiel Spaaass...<< Marianne drehte sich zu der wie erfroren da stehenden Kirsten um, sprach sie mit peitschender Stimme an.
>>Und mit dir möchte ich in Ruhe reden...<<
Marie verschwand so plötzlich wie sie erschienen war, sie löste sich auf, nahm den Nebel und die schreiende blondhaarige Frau mit.

Kirstens Schrei hallte als Echo in meinen Ohren nach, dieser Schrecken in Ihren Augen, grauenhaft... nichts konnte ich dagegen unternehmen, gar nichts...
Von der einen zur anderen Sekunde klärte sich die Sicht und es wurde wärmer.

Wie zwei begossene Pudel standen wir im romantischen Mondlicht, sahen uns mit offenen Mündern an und sorgten uns um Kirsten und Erwin. Ich sah wie Peter tief Luft holte, seinen Mund öffnete, und bevor er mit bohrenden Fragen oder was weiß ich anfing schnitt ich ihm mit einer scharfen Handbewegung das Wort ab.

>>Los zum See, jetzt ist keine Zeit mehr, keine Erklärungen...<< gab ich das unmissverständliche Kommando.

Wir liefen los. Gerade aus, am Brauteich vorbei wieder zur Zehntscheune.

>>Wir sind doch praktisch einmal im Kreis gelaufen..?<< rief ich Peter atemlos zu.

>>Ja...<< kam die knappe Antwort.

Runter zum Bach und über die rutschige Holzbrücke.

Peter war wohl zu schnell unterwegs, oder seine Schuhsohlen waren dem Untergrund nicht gewachsen, er stolperte, flatterte wild mit den Armen, doch es half nichts, und er schlug lang hin.

Er fluchte wie ein betrunkener Neandertaler.

>>Verdammte Scheiße nochmal... Christoph lauf weiter, kümmere dich nicht um mich...<<

Aufhalten ließ ich mich jetzt sowieso nicht mehr, auch wenn ich Peter gern geholfen hätte.

Kirsten und Erwins Wohlergehen waren mir im Moment viel wichtiger. Angst, ja ich hatte wahnsinnige Angst um die liebenswerte hübsche Frau.

Es ging mir jetzt nicht schnell genug.

Dann noch eine Frage... was sollte ich nur mit Marie machen. Eigentlich vermochte ich dem Mädchen kein Haar zu krümmen aber diese Kräfte gehörten einfach nicht in unsere Welt. War es denn überhaupt noch ein kleines Mädchen? Visuell schon, sie wäre sicher eine wunderschöne Frau geworden, mit den Jahren. Doch Klaras Hexenkräfte schlummerten jetzt in ihr, dass machte Marianne so gefährlich und freiwillig würde Marie diese Gabe nicht wieder aufgeben. Gab es eine weitere Möglich die Metallscheibe einzusetzen? Ähnlich wie bei Klara? Ich musste es einfach versuchen.

Das Ufer.

Peter Horstmann war außer Sicht- und Hörweite. Er fluchte bestimmt immer noch, da war ich mir sicher.

Die Insel lag wieder im dichten Nebel gefangen und gab ihre Geheimnisse nicht preis.
Irgendwo dort drüben befanden sich Kirsten und Erwin.

>>Marie...wo bist du? Bitte, bitte komm zu mir... zeig dich... lauf doch nicht weg vor mir...<< bettelte ich.
Ja, es war ein Betteln, Beschwören, Anflehen aber nicht ohne Grund.
Eine letzte List wollte ich anwenden, bevor die Hexenmagie zu stark in ihr wurde, oder ihr ins Bewusstsein sprang was alles damit anzustellen war.

Ich fühlte mich niederträchtig, schäbig beinahe dreckig bei dem Gedanken das mir lieb gewonnene Mädchen hintergehen zu müssen. Es gab jedoch keinen anderen Ausweg mehr.

Peter kam humpelnd, immer noch fluchend und tief nach Luft ringend direkt hinter mir zum Stehen.
>>Verdammt nochmal, ich habe mir irgendwie mein Knie verdreht.<< knirschte er die Worte hervor.
>>Gehen sie ein Stück zur Seite. Halten sie sich ruhig. Egal was gleich passiert, egal was sie sehen, nicht eingreifen... hören sie, auf keinen Fall eingreifen...<< Meine Anweisung war klar, er zog sich in den Schatten der Bäume zurück.

Vor Nervosität biss ich auf meiner Unterlippe herum und wartete ungeduldig die nächsten Sekunden ab. Nichts tat sich... oder doch?
Ein Lidschlag später, direkt vor mir, flimmerte und waberte die Luft. Marianne war erst durchscheinend, anschließen wieder vollständig zu sehen und sogleich komplett physisch präsent.

Den Nebel lies Marie auf der kleinen Insel zurück, undurchdringlich, und immer noch keinerlei Lebenszeichen von Kirsten und dem Kollegen.
Das helle Mondlicht strahlte auf ihr blasses, hübsches Gesicht.

>>Marie, mein kleines... wo ist Anni, die blonde Frau und der Polizist?<< die grobe Ungeduld schwang in meinen Worten mit.

>>Sagte ich dir doch... auf der Insel, möchtest du mit mir kommen? Ja genau... komm doch mit in meine Welt... es wird dir gefallen... du musst nicht viel dafür tun... lass einfach dein irdisches Leben zurück und folge mir... du wirst es lieben Chris, mein lieber Chris... *dem Leben entrissen im Tode vereint, auf ewig zusammen und niemals entzweit...* das ist unsere Zukunft, deine und meine... und jetzt komm zu mir...<< Marie machte sich daran vor zu gehen, hob ihre Arme.

Mein irdischen Leben sollte ich also aufgeben, dass bedeutete, ging ich mit ihr müsste ich hier und jetzt sterben. Das wollte ich auf keinem Fall, niemals... und setzte meinen Plan in die Tat um.

Ein rascher blick zum Himmel lies mich zusammenzucken.

Verdammt... wieder zogen Wolkenfetzen auf, die sich aufmachten um in Kürze das Mondlicht zu verdecken.

Die letzte Chance, Marie würde gleich verschwinden. Ich kämpfte mit mir... tu es... tu es nicht... los tu es...

Auf meine innere Stimme war eigentlich immer verlass.

>>Komm mit mir...<< sie nahm mich in den Arm, nein es waren keine Arme, vielmehr Weltraum kalte Eisklammern die mich hielten und mir blieben nur noch Augenblicke bevor ich vereiste...

Jetzt bekam ich die Sekunde, um meinen tausende Jahre alten Talisman hervor zu ziehen.

>>Es tut mir so leid Marie... bitte verzeih mir...<< flüsterte ich, meine Lippen, meine Zunge wurden immer schwerer... ich handelte nur noch instinktiv...

>>Was soll ich Dir verzeihen, lieber Chris?<<

Die Scheibe flog wieder hoch in die Luft, blitzende Reflexe des Mondlichts strahlte sie ab, und nicht nur das... genau wie bei Klara blieb mein Talisman plötzlich in der Luft stehen, ein hartes, pulsierendes, blaues Licht strahlte auf Marianne hernieder und hüllte sie ein, durchdrang sie...

Ich verengte meine Augen zu schmalen Schlitzen um nicht geblendet zu werden.

Marie schrie wie eine Furie... wie dem Scheiterhaufen preisgegeben... stieß mich brutal zurück, fing an sich genau wie Klara im Kreis zu drehen schneller, schneller und noch schneller, sog dabei den Nebel von der Insel wie ein überdimensionierter Staubsauger, riss ihn wieder an sich.

>>Du grässlicher, gemeiner Verräter... warum nur... warum tust du das... neeeeeiiinnn...<<

Die Kraft des magischen Lichts katapultierte sie hoch über den See, danach fiel Marianne wie ein Stein in den Klostersee. Jedoch wieder ohne ein Geräusch oder auch nur eine winzige Wellen zu verursachen...

Lautlos tauchte auch sie in das nasse Element hinein und ging unter, wurde regelrecht verschlungen.

Und der Mond ruhte sich zum letzten mal in dieser Nacht hinter einer Wolkendecke aus.

Anni war nicht mehr zu sehen. Doch die beiden Vermissten lagen mitten auf der Insel und rührte sich nicht.

Ich war fürchterlich erleichtert zu sehen das sie dort lagen, aber ging es ihnen auch gut?

Peter kam mit schmerzverzerrtem Gesicht auf mich zu, zuckte hilflos mit den Schultern. Er sagte nichts zu der Szene und ich legte mir meinen Zeigefinger auf die Lippen, gab ihm mit dieser bekannten Geste zu verstehen auch nicht über das Gesehen zu sprechen. Er versprach so schnell wie nur möglich zum Auto zu humpeln und sich um Verstärkung zu kümmern.

Kirsten... schnell musste ich zu ihr, wollte mich um sie kümmern, mein Herz schlug rasend schnell. Zum dritten Mal in dieser Nacht ging ich also in das Wasser, irgendwie kam es mir dieses Mal nicht so kalt vor.

XXX

Zwischen dem Firmament und dem Jenseits schwebten bauschige dicke Wolken und verdeckten den gleißenden Schein unseres Erdbegleiters, ein Zuschauer unterlag so der Täuschung als leuchteten sie von innen heraus und lichterfüllt präsentierte sich die kleine Insel im moorigen Klostersee.

Triefend vor Nässe und durchgefroren kniete ich neben Erwin. Sein Puls war kaum zu fühlen.

Gott sei Dank brachte Marianne ihn nicht um. Sie war wohl noch nicht ganz von der dämonischen Hexenmagie Klaras gefangen, bewahrte einen kleinen letzten Rest an Menschlichkeit.

Kirsten ging es da besser. Verwirrt und wohl sehr blass um die Nase sah sie mich an.

>>Gern würde ich dich in den Arm nehmen aber ich bin total nass und...<< weiter kam ich nicht. Sie warf sich förmlich in meine Arme und hielt ihre Tränenflut nun nicht mehr zurück. Und das sollte sie auch nicht.

Hoffentlich beeilte sich Peter mit der Verstärkung und vergaß dabei den Krankenwagen nicht.

Ein paar Fragen quälten mich noch...

Waren Klaras Hexenkräfte endgültig besiegt? Oder wurden sie nun an Anni weiter gegeben? Wenn sich meine Überlegung bewahrheitete, dass wäre eine Katastrophe.

Und was wollte Marie mir sagen...**"Chris, es gibt noch eine Möglichkeit..."**

Die Worte hallten in meinem Kopf nach. Was für eine Möglichkeit?

Je länger ich darüber nachdachte, gab es nur eine schlüssige Erklärung dafür, immer greifbare wurde die Erkenntnis... ja natürlich... ich hohle Nuss, zermarterte mir das Hirn, dabei war es doch so einfach... jedoch, in den letzten Stunden war es beinahe unmöglich einen ruhigen Gedanken zu fassen...

Die Gebeine!!!

Natürlich... warum bin ich nicht gleich darauf gekommen. Marie, Anni und vielleicht auch Klaras Gebeine befanden sich irgendwo im See. Oder?

Eine nachträgliche Beerdigung in geweihtem Boden müssten die Hexenkräfte endgültig bannen. Völlig sicher war ich mir dessen natürlich nicht.

Die Sirenen heulten durch die Nacht, dass Blaulicht zuckte über Häuserwände und kam schnell näher.

Peter war es gelungen Hilfe zu holen. Jetzt ging alles sehr schnell. Erwin wurde in des reißenden Wassers Eile geborgen und ins Krankenhaus gebracht. Mit Peter und seinem Vorgesetzten würde ich später noch ein langes, intensives Gespräch führen. Taucher wurden angefordert um den See abzusuchen, doch erst übermorgen sollte es soweit sein. Auch würde es Aufklärung darüber geben, wer alles zu benachrichtigen war.

Die nächsten Verwandten auf jeden Fall, Kirstens Familie gehörte auch dazu. Mit jeweils einer Decke der örtlichen Feuerwehr bewaffnet, ging ich mit Kirsten zurück zum Café am Marktplatz und zusammen erst einmal auf mein Pensionszimmer. Wir durchritten dabei erneut das Klostertor und diese Mal gab es kein ziehenden Schmerz im Nacken...

Zum wiederholten Male mussten meine Sachen getrocknet werden. Die Tabletten die meine Begleiterin organisierte wirkten bereits Wunder. Kein Schmerz war mehr zu spüren. Nur die Beule am Hinterkopf schien so groß wie der Olympus Mons. Da erging es meiner Leidensgenossin genau wie mir... ihr vormals blondes Haar, war an vielen Stellen dunkelrot und Blutverkrustet.

Das Wasser der Dusche konnte nicht heiß genug sein um die restlichen Eiszapfen die an meinem Gemütszustand hingen wieder abzutauen. Kirsten ließ sich ein Bad ein, saß bereits in der Wanne, die Augen geschlossen und war in Gedanken versunken. Obwohl wir zwei uns zum ersten Mal entblößt zeigten und sie besaß wirklich einen begnadeten Körper, kam keine Scham auf oder irgend ein Gedanke an **"andere"** zwischenmenschliche Dinge...
Viel zu sehr waren wir mit dem Erlebten beschäftigt und es hielt unsere Gedanken gefangen.

Das wohltuende Nass rubbelten wir mit den bereit liegenden schneeweißen Handtüchern von der Haut, dann legten wir uns ohne viel Worte zu verlieren ins Bett, kuschelten uns dabei eng aneinander, zogen die warmen Daunendecken beinah bis über die Köpfe. Keiner sprach ein Wort, die Stille war bedrückend, greifbar, bis Kirsten sie durchbrach.

>>War dass alles nur ein furchtbarer Traum? Aber es ist so real, so wirklich... hier mit dir zu liegen, dich zu spüren... << sie drückte zärtlich meine Hand.

>>Vielleicht ist das ganze Leben nur ein Traum, für den einen ein Wundervoller, für den anderen ein Albtraum... doch das was wir hier erlebten war keine Einbildung... diese andere Welt, diese dunkle, grausame Welt, es gibt sie, auch wenn es schwer zu verstehen ist. << flüsterte ich ihr ins Ohr.

>>Lass mich nie wieder los...<< seufzte Kirsten und weinte... ich spürte die Hitze ihrer Haut, doch sie zitterte, ich streichelte ihre Wange, gab ihr einen sanften Kuss auf ihr duftendes Haar.

So vergingen einige Minuten bis sie sich beruhigte und wir schliefen schließlich ein.

Ein wilder Traum hielt mich gefangen.

„Du grässlicher Verräter... du grässlicher gemeiner Verräter...“

„dem Leben entrissen im Tode vereint, auf ewig zusammen und niemals entzweit...“

Maries Stimme hallte, sich dabei ständig wiederholend in meinem Kopf hin und her und ich wurde wach, zuckte hoch, sah zur Seite.

Kirsten schlief noch. Ihre blonden Haare lagen ausgebreitet auf dem Kopfkissen. Sie sah so wunderschön aus im hellen Mondlicht...
Ich stand ohne ein Geräusch zu verursachen auf, zog mir trockene Sachen an und nun ging es nicht anders, ich musste sie leider Wecken.

>>Meine liebe, ich gehe zum Polizeirevier, es dauert nicht lang. Du musst mir versprechen, später zum Doc zu gehen, die Wunde versorgen lassen. Jetzt schlaf noch etwas, ruh dich aus...<<

>>Ja, mach das... komm schnell zurück...<< sie öffnete ihre Augen nicht und war auch kaum zu verstehen. Ein Kuss auf ihre Stirn und schon schlief sie wieder.

Und als ich den Blick von ihr nahm und ging kam es mir vor ich würde sie bald wieder verlieren...

XXX

$\mathcal{D}$ie wenigen restlichen Formalitäten waren schnell geklärt. Nachdem ich mit meinem Chef, Harald Wiegand, gesprochen und alles kurz berichtete, verließ ich die kleine Wache beinahe fluchtartig. Ich musste raus, meine Gedanken sortieren.

Den Rest erledigte mein Chef.

Zwei, drei Anrufe an den richtigen Stellen und es gab keine weiteren Fragen mehr.

Vorher verabschiedete ich mich von Peter Horstmann. Erwin lag noch im Krankenhaus und war wieder bei Bewusstsein. Ihn wollte ich später anrufen. Peter bot mir noch an mich zu fahren, doch die wenigen Meter zum Marktplatz ging ich lieber zu Fuß.

Die frische Luft tat gut und etwas zur Ruhe kommen war nötig. Meine Schuhe waren immer noch ein wenig unangenehm feucht und natürlich völlig ruiniert...

Mein Blick fiel auch kurz auf mein ehemals bestes Stück, meine schöne neue Lederjacke. Naja... eine einfache Reinigung half bestimmt nicht. Da musste unter Umständen wohl eine neue her.

Die alte Klostermauer wanderte in mein Blickfeld.

Mittlerweile sollte es kurz vor acht Uhr am Morgen sein, die Sonne ging bereits auf.

Kein Wölkchen zeigte sich am Himmel.

Autos fuhren an mir vorbei, Menschen eilten den Gehsteig entlang und hmmm... es roch nach frischen Brötchen. Hunger und Müdigkeit meldeten sich gleichzeitig.

Der Alltag hatte mich wieder.

An Kirsten dachte ich blitzartig und eine schwindelnde Sehnsucht überkam mich. Was die junge Frau alles in kürzester Zeit erlebte, war schon unglaublich. Hoffentlich steckte sie alles gut weg und wurde nicht nächtelang von quälenden Albträumen heimgesucht.

Nun, wo ich schon einmal hier war, der Klostersee wo alles begann, ihn wollte ich mir noch einmal ansehen, jetzt bei Tageslicht.
Es herrschte nun rege Betriebsamkeit, Bautätigkeit, so wie wir es tags zuvor vermissten.
Die aufgehende Sonne wärmte die Luft und das Licht schien von einer anderen Welt zu kommen, selten hatte ich schöneres gesehen. Der Wald präsentierte sich von seiner besten Seite. Da war er... der See, die kleine Insel.
Spaziergänger kamen mir entgegen die freundlich grüßten.

Den See halb umrunden, dann erreichte ich den „magischen" Ort. Hier ist es also geschehen.
Bei Tageslicht sah alles so anders, so friedlich aus und voll des blühenden Lebens. Vögel zwitscherten, der Bach, die Fulde hinter mir rauschte in ihrem Bett...
Nichts erinnerte an die Schrecken und das Grauen der vergangenen Nacht.
Doch, was war das? Etwas lag da am Boden, im hohen Gras.

Ja, ein Schal, es war Mariannes grüner Seidenschal...
Sie musste ihn verloren oder hier her gelegt haben,
damit ich ihn finde.
Wie ein letzter Gruß von ihr.
Marie, ein Gruß von einem jungen Mädchen wie ich sie
mir immer als Tochter wünschte...
Vielleicht war es ja total albern.
Doch die Anspannungen der letzten Tage in Köln, die
ständigen Schmerzen, jetzt das hier... die Angst um
Kirsten... verdammt noch mal, ich war auch nur ein
Mensch und setzte mich an das Ufer des Klostersees in
das noch feuchte sonnenwarme Gras, hielt Mariannes
Schal vor meinen Augen, und so übergab ich dem
weichen Stoff meine traurigen Tränen...

XXX

$\mathcal{D}$en restlichen Tag verbrachte ich bis zum späten Abend mit Kirsten allein. Wir sprachen über alles und irgendwie war es als kannten wir uns schon ein unendlich langes Zeitalter.

Nachdem ich meine Sachen verstaut und mein Zimmer bezahlt hatte, verabschiedete ich mich von meinen freundlichen Gastgebern.

Mit Kirsten tauschte ich Telefon und Adressdaten. Diese Frau wollte, musste und würde ich wiedersehen, dass stand unumstößlich fest. Wir standen eine halbe Ewigkeit eng umschlungen allein im Treppenhaus und verabschiedeten uns zärtlich voneinander.

Ihre weichen Lippen, ihren Duft und den wundervollen langen Abschiedskuss werde ich wohl so schnell nicht vergessen. Eine salzige Abschiedsträne küsste ich noch von ihrer Wange und versprach, sie schnellstens zu mir einzuladen.

In meinen Gedanken gefangen saß ich nun wieder in meinen Dienstwagen, fuhr in Richtung Hannover zur Autobahn sieben um von dort aus nach Braunlage zu kommen. Meine Freund und Kollege Jon Halldurson war tatsächlich auf merkwürdige Dinge gestoßen und benötigte in dieser Sache meine dringende Unterstützung. Also ging es sogleich zum nächsten Abenteuer.

Die Dämmerung brach bereits herein, die Autobahn war voll wie immer und der Mond am Himmel besaß eine Unwucht, er war nicht mehr ganz so rund...

Schon beinahe gelangweilt und irgendwie wie zufällig schaute ich nach rechts zum Beifahrersitz und hätte fast das Lenkrad verrissen.

Eine Gestalt tauchte aus dem Nichts auf und es wurde wieder eisekalt...

Anni...

Langsam drehte sie ihren Kopf zu mir, schüttelte ihn zeitlupenhaft und sah mich an.
Ihre mit dunkler Bass-Stimme gesprochenen Worte, ließ das Blut in meinen Adern gefrieren...

>>Chris... du warst nicht lieb zu uns...<<

...dann wurde es dunkel.

xxx

Sie schlief lang, sehr lang an diesem Morgen, bis weit in den Nachmittag hinein... Chris lies Kirsten schlafen, störte sie nicht.

Nach ihrem herzzerreißenden ewig währenden Abschied beschloss sie doch noch zum Arzt zu gehen, eine gute Stunde dauerte die notwendige Behandlung. Die Kopfwunde wurde gesäubert und geklammert. Ein spezielles Gel verschloss die Wunde. Eine Tetanusspritze in ihr Hinterteil gab es noch als kleines Extra. Mittlerweile wurde es schon wieder dunkel. Ihr weißer Smart den sie liebevoll Töff Töff taufte stand auf der schmalen Einfahrt ihres Elternhauses. Es piepte, blinkte einmal kurz und die Türen waren entriegelt. Das Café müsste jeden Moment schließen. Eine kurze Fahrt bis dort hin, keine große Entfernung. Kirsten beeilte sich, das Zimmer sollte noch für andere Gäste hergerichtet werden, dass versprach sie ihrer Chefin. Von den Geschehnissen vergangener Nacht erzählte sie lieber nichts, würde ihr denn jemand glauben? Dämonische Magie existierte also, war real, gehörte zum Leben wie das Essen und das Trinken, sie nahm es erst einmal so hin.

Die Nebeneingangstür quietschte und ächzte wie gewöhnlich als diese nach innen aufschwang, durchquerte die Küche und lauschte. Niemand war mehr da. Im halbdunkel tastete Kirsten sich die Treppe hinauf, betrat das Pensionszimmer was vor kurzem noch ihr Chris Grant bewohnte, ohne das Licht einzuschalten.

Nur die Straßenbeleuchtung gab ein wenig Helligkeit, ansonsten herrschte die absolute Dunkelheit im Raum.

Sie dachte wieder an Chris, sein Rasierwasser geisterte noch immer durch die Luft, stachelte ihre Sehnsucht weiter an.

Chris saß schon im Auto auf dem Weg in den Harz. Ein neuer Fall wie er sagte. Nur zu gern wäre sie mit ihm gefahren. Dieser Mann besaß eine faszinierende Ausstrahlung, warmherzig war er und voller Liebe... jetzt war sie mit ihren Problemen wieder allein...

Die winzige Lampe der Minibar zerriss die Sehnsucht bringende Finsternis, blendete kurz, ihre Pupillen zogen sich zusammen und sorgten für ein heftiges kurzes Stechen an den Schläfen. Sie nahm zwei Fläschchen Bourbon heraus, ließ das Licht verschwinden und den Whisky ebenfalls. Ja, das tat gut, hoffentlich verhalf ihr die Mischung aus Schmerzmittel und Alkohol zu einem tiefen Schlaf...

Kirsten beschloss in dem Pensionszimmer zu übernachten, morgen früh sollte es sowieso gereinigt werden.

Den schwarzen Mantel zog sie aus und warf ihn achtlos auf einen Sessel der in der Ecke stand.

Ihr hellgraues, enganliegendes Wollkleid was sie seid dem Nachmittag trug verrutschte teilweise und rieb sich Funken knisternd an ihrer Strumpfhose entlang, als sie sich langsam, wie im Zeitraffer, rücklings auf das leere Bett legte. Kirstens Blick wanderte durch den Raum und blieb verwundert an der Zimmerdecke kleben.

Das Bett auf dem sie lag, zeichnete sich als verwaschener viereckiger Umriss dort ab.

>>Komisch...<< flüsterte sie.

Raschelnd Geräusche gab es als sie sich auf den Bauch drehte und robbte weiter bis zur Bettkante vor, schob sich noch etwas weiter und blickte unter das bequeme Schlafmöbel.

Sie wollte ihren Augen nicht trauen... unter dem Bett lag ein Gegenstand, strahlte ein helles blau-weißes Licht ab und es war keine Taschenlampe...

XXX

*D*ieses Mal gab es keinen Schlag auf den Kopf, auch keinen kalten Nebel.

Frostig war es allemal und so langsam konnte ich selbst zum Werwolf werden. Es reichte nun wirklich. Eben saß ich noch in meiner schwarzen Benzinkutsche und nun?

Die Schwärze um mich herum lichtete sich und Konturen schälten sich aus dem Dunkel. Der feuchte Boden unter mir, funkelnde Sterne über mir...

Na, wo war ich wohl. Dieses Rätsel war einfach zu lösen.

Die kleine Insel im Backteich wurde allmählich zum Albtraum. Oder war sie es schon längst? Meine Gedanken wanderten für Bruchteile von Sekunden in Richtung Bundesautobahn zwei und was der Dienstwagen für ein Chaos verursachen würde. An meinen Waffenkoffer mochte ich gar nicht denken. Sicher würde er wieder tausend Fragen aufwerfen.

Anni...

Also wurde die Hexenkraft tatsächlich irgendwie weitergereicht, praktisch vererbt. Die Gebeine mussten aus dem See und gehörten sofort in geweihter Erde, sonst hörte die Geschichte hier nie auf, da war ich mir absolut sicher. Doch vor morgen würde niemand mit der Suche beginnen. Ein Trupp Froschmänner, einer Taucher- Spezialeinheit aus Hannover, versprach sich gegen Mittag tapfer ans Werk zu machen, so war es abgesprochen, wie mein Chef noch heute Morgen anmerkte.

Also beschloss ich das Ganze zu beenden.

Doch wie?

Noch einmal durch das schwarze kalte Wasser?

Vielleicht gab es eine Möglichkeit wenn die kleine Anni auftauchen würde. Sie aus der Reserve locken, brutal zu attackieren, dass wäre eine Möglichkeit, sie zu provozieren wie Marie, eine andere. Wie stark war sie wirklich? Das zu wissen wäre sehr hilfreich.

Wie auf Stichwort fing am anderen Ende der kleinen Insel die Luft zu Flirren und zu wabern an. Anni tauchte aus dem Nichts auf, schritt auf mich zu und richtete triumphierend das Wort an mich.

>>Ah... lieber Chris.. du kannst dir vorstellen was jetzt kommt, oder? Nun wird abgerechnet...<<

Sie kam weiter auf mich zu, brachte erneut diese unglaubliche Kälte mit und blieb circa fünf Meter vor mir stehen, ich sprach sie an.

>>Anni oder Klara, ich weiß nicht wer wirklich in dir steckt. Langsam habe ich die Nase voll, wenn du mich vernichten willst dann los... komm endlich...<< Ich hatte wirklich keine Lust mehr wie ein dummer Junge an der Nase herum geführt zu werden. Jetzt war Schluss und Feierabend, jetzt war es an der Zeit mein Spiel zu spielen. Den Reißverschluss meiner Jacke zog ich auf und fasste nach meinem Talisman, eine Entscheidung musste her.

Ja... ich versuchte jedenfalls danach zu fassen.

Meine Augen wurden groß... mein Kiefer klappte nach unten...

Totale Niederlage...

Mein Glücksbringer war nicht da...

XXX

$\mathcal{E}$rschrocken fuhr Kirsten zurück.

>>Spinne ich jetzt total?<< sprach sie etwas lauter.

Noch einmal sah Kirsten nach. Schlangen-gleich, und sehr elegant kroch sie vom Bett, glitt auf den Boden und fingerte nach dem unbekannten Gegenstand.

>>Hab ich dich...<<

Die an einer zerrissenen Kette hängende, glänzende Metallscheibe kam zum Vorschein, etwas größer als ihre ausgestreckte Hand.

„Schon wieder finde ich Chris's Talisman. Den muss er hier verloren haben...“ dachte Kirsten, wer sonst? Staunend untersuchte sie die silbrig schimmernden Scheibe. Viele, teilweise seltsame, ihr unbekannte Zeichen und Symbole prangten darauf, was es mit der Keilschrift auf sich hatte, dass wusste Kirsten, soweit kannte sie sich aus. Verschiedene Symbole leuchtete am unteren Ende auf, daher der flammende Schein an der Zimmerdecke.

Aber wieso und warum, das entzog sich ihrer Kenntnis. War Chris in Gefahr? War eine dunkle Magie im Anmarsch?

Das Licht der Symbole erlosch schlagartig.

Das Handy... Christophs Nummer... ihre Finger flogen über die virtuelle Tastatur ihres Handys.

Keine Verbindung... sein Telefon war aus.

Was jetzt?

Jemand sollte, nein musste ihr jetzt eine Auskunft geben und Kirsten brachte da jemand ins Visier.

Sie zog sich eilig den Mantel wieder an, zwang sich abermals in ihre hohen Stiefel, schlug die Zimmertür hinter sich zu und lief geradewegs zum Kloster.

Und wenn sie den Abt oder Prior persönlich befragen musste, um eine Antwort kam er nicht herum.

Die blondhaarige Frau rannte so schnell es ihre Stiefel zuließen durch das Tor.

Das Kribbeln... sie blieb stehen...

"Ja, jetzt habe ich es auch gespürt." dachte sie. Chris hatte recht. Ein prickelnder Schleier legte sich für Sekunden um ihren Körper und verschwand wieder... „aber warum jetzt... und nicht als wir hinaus gingen?" Niemand würde ihr die Frage beantworten.

Die Kirche war schnell erreicht. Nirgends brannte ein Licht. Die Fenster des Konventshauses waren dunkel, auch die Försterei zu ihrer rechten war wie ausgestorben.

Zum verzweifeln diese Situation. Nun Stand Kirsten auf dem Asphalt, schaute zum Himmel und wusste nicht was sie machen sollte. Der runde Mond lugte zwischen zwei großen bauschigen Wolken hervor, strahlte den wuchtigen, spitzen Dachreiter an. Schlagartig wurde es heller.

Gerade als Kirsten sich umdrehen wollte hörte sie ein wildes, irres schauriges Lachen.

>>Das kommt vom See... ist es möglich? Passiert es wieder?<< sprach sie zu sich selbst.

Auf dem Absatz machte sie kehrt. Mit dem Meteoritenfragment in der Hand und voller Mut rannte Kirsten stolpernd Richtung Klostersee...

XXX

$\mathcal{D}$er Schock...

Die gefühlte Temperatur sank noch einmal um mindestens 10 Grad...

Mein Talisman war nicht da.

Ich Esel... habe vergessen danach zu suchen. Nicht zu fassen... nach Klaras Vernichtung fand Kirsten das gute Stück und nachdem Marianne in den See stürzte hätte ich mich sofort darum kümmern müssen. Jetzt war es dafür zu spät.

Jetzt stand ich hier ohne wirksame Waffe dieser Horrorgestalt gegenüber. Gab es einen Ausweg? Mein Mund klappte langsam wieder zu.

>>Ahhhh, du denkst **ich** will dich vernichten? Das denkst du wirklich? Das ist falsch... schau auf den See...<<

Klaras Stimme, mit dem Gesicht der kleinen Anni, riss mich für einen Moment aus meinen Gedanken. Den See soll ich beobachten, als ob das noch einen Sinn gemacht hätte. Entkommen konnte ich ihr sowieso nicht.

Wieder passierten zwei Dinge gleichzeitig. Anni/ Marie/Klara löste sich auf, verschwand einfach und die schwarze Wasseroberfläche fing an sich an drei verschiedenen Stellen zu kräuseln. Wasserperlen stiegen an die Oberfläche, zerplatzten lautlos. Immer mehr, immer heftiger und plötzlich tauchten aus dem See drei Totenschädel auf.

XXX

Sich auf den Beinen halten war schon mehr eine Kunst. Zum wiederholten Male fluchte Kirsten auf ihre hohen Stiefel. Auch das wadenlange Wollkleid, gegen die aufkommende Kälte Top, war hier aber eher hinderlich. Gern hätte sie den Gehschlitz hinten weiter aufgerissen, dafür war jetzt keine Zeit mehr, sie zog das Wollkleid bis über ihre Knie und hielt es fest, so war es besser.

Sie spurtete über den rutschigen Boden, bis er ins Blickfeld kam, der See.

Alles ging jetzt sehr schnell.

Zwei Personen erkannte sie sofort. Chris... da... auf der Insel... es war tatsächlich Chris. Ihr Herz jubelte.

>>Ha... also hatte ich recht, dass hier etwas nicht stimmt...<< sprach Kirsten laut zu sich selbst.

>>Ich muss näher ran... los...<< sie peitschte sich an...

Das Grauen bekam einen Namen.

Knochenskelette...

Bleiche Knochenskelette stiegen aus dem Backteich der kleinen Insel entgegen.

Scharf sog Kirsten die kalte klare Luft in ihre Lungen, der Horror umklammerte ihr Herz... überwand aber ihre lähmende, unendliche Furcht... schrie Christophs Namen und so stürzte sie sich Kopfüber in das verfluchte, kalte, pechfarbene Wasser...

XXX

$\mathcal{D}$er Beleuchter auf dem oberen Bühnengang hatte wohl seine große Freude...

Bleiches Mondlicht erhellte die Horrorbühne.

Der Vorhang schwang zurück, der letzte Akt konnte beginnen. Wirklich makaber war allein die Tatsache, dass man genau erkennen konnte wer wer war. Das kleinste Skelett musste zu Anni gehören. Dann blieb nur noch Marie und das größte der drei knöchernen Geripppe, dass war Klara. Sie waren da. Knorrig, knochig, staksig und stetig kam das Grauen näher.

Kein Wassertropfen perlte von den Knochen, als wären sie mit Teflon überzogen oder man ließ sie vorher rückwärts ins Wasser gehen und spulte den Film dann später vorwärts ab. Tatenlos musste ich mit ansehen wie die Gestalten das schwarze nasse Element verließen, mich langsam umzingelten. Mir kam es wie eine quälend lange Ewigkeit vor, doch vergingen nur Sekunden. Keine Chance für mich auszuweichen oder wegzulaufen.

Einen dicken, morschen Ast sah ich am Boden liegen und hob ihn in letzter Verzweiflung auf.

Den sollte ich mir selber über die Birne hauen oder mich wenigstens ohrfeigen. Wie kann man nur so blindlings in eine Falle tappen?

Irgendwo saß er mit Sicherheit und beobachtet mich. Derjenige der immer Regie führte und ohne Frage seinen Spaß haben würde mit meiner Vernichtung... vielleicht Luzifer persönlich?

Denn wer sollte dann noch gegen seine Geschöpfe antreten?

Ja genau, Luzifer, der poetisch, lateinische Name für den Morgenstern, die Venus. Oder der „Lichtbringer" oder „Lichtträger", auch der Teufel, Satan, Beelzebub, Mara, Devadatta genannt... er hockte und frohlockte sicher irgendwo als Mensch verkleidet hinter einem Busch versteckt, tanzte vor Freude, hüpfte von einem Bein auf das andere und sang... *ha ha... ha ha... wieder einer weniger... der sich mir in den Weg stellt und meine liebsten Geschöpfe dezimiert... jetzt ist es vorbei mit dir... ha ha... ha ha...*
Bestimmt so oder ähnlich... sicher zeigte er sich mir, bei meinem letzten Atemzug. Doch soweit war es noch nicht.

Das erste Skelett war da. Anni. Mein Schlag hätte getroffen doch meine Hand wurde abgefangen und mein Handgelenk brutal gequetscht und verdreht, da hatte ich nichts entgegenzusetzen, Tränen schossen aus meinen Augen.
>>Chris... oh mein Gott... Chris...<< Etwas klatschte ins Wasser.
Diese Stimme, ich kannte sie. Das war Kirsten, ich blickte in die Richtung aus der das Geräusch kam...
Aus den Augenwinkeln sah ich etwas auf mich zukommen... dem brutalen Schlag konnte ich nicht mehr ausweichen. Der Ruf lenkte mich zudem auch ab.

Beidhändig von Klaras Knochengestell geschlagen, donnerte er direkt auf meine schon ramponierten Rippen. Das nahm mir die restliche Luft. Ich fiel gegen Annis Skelett. Es konnte nicht ausweichen, ließ meine Hand los und stolperte zurück in den Klostersee.

Der Boden kam mir rasend schnell entgegen. Mein Brustkorb brüllte vor Schmerz, meine Augen brannten, alles war leicht verschwommen.

Das wird es dann wohl gewesen sein, so sollte es also enden...?

Noch konnte ich gerade sehen wie Kirsten im Wasser mit ihren Armen ruderte und mit letzter Kraft, versuchte zur Insel zu Schwimmen.

Die nassen blonden Haare hingen von ihrem Kopf herunter. Sie sah mich mit einem traurigen Blick an als wollte sie sich bei mir entschuldigen, aber für was? Etwas hielt sie in der Hand... es war...

Ich konnte es nicht fassen, unglaublich... ich wollte schreien vor Freude, doch kein Ton verließ meine Kehle.

Mein Amulett... aber wieso?

Wilde Hoffnung keimte in mir auf, während sich zwei kalte Klauenhände um meinen Hals legten und erbarmungslos zudrückten. Schlagartig bekam ich keine Luft mehr. Ich dachte nur, so musste es sich anfühlen, wenn einem langsam das Genick gebrochen wird... es knirschte bereits verdächtig...

Kirsten wurde von Annis Skelett abgefangen.

Doch noch bevor Anni die wunderhübsche Frau unter Wasser drücken konnte, flog der silberne Talisman auf mich zu. Keine dreißig Zentimeter blieb er neben mir im feuchten Gras liegen. Klara ließ meinen Hals sofort los und ging einen Schritt wankend zurück. Helle, kreischende Laute verließen den Totenschädel der zu Marie gehörte. Meine Finger umfassten die Silberscheibe, sie war nicht mehr warm, nun schon eher heiß und leuchtete hell auf...

Meine Rippen verbrannten vor Schmerzen, noch Sekunden vor der drohenden Ohnmacht und mit aller letzter Kraft warf ich meinen Glücksbringer *„hoch in die Luft"* so wie es Frederico mir beschrieb.
Es flog kraftlos aus meiner Hand, wie von allein stieg die Scheibe höher, noch höher und... es blieb in der Luft stehen, bewegte sich nicht mehr, doch plötzlich...
Das uralte Amulett schien zu Explodieren.
Reines, helles, gleißendes Weiß löste sich aus den Sechzehn eingravierten für mich undefinierbaren Symbolen direkt am Rand meines Talismans. Licht das nicht von dieser Welt stammte, aus einer Zeit weit vor der Zeit, verbrannte und säuberte die Welt von dem Bösen.
Abermals riss der Nebelsturm alles an sich. Sog Knochenskelette und Horrorgebeine in sich auf. Hoch über dem dunklen Wasser blieb er stehen, hielt kurz inne, um in der nächsten Sekunde in den See zu stürzen, ohne Geräusche und ohne die Oberfläche aufzuwühlen.

Glatt wie ein Spiegel nahm der See alles Magische in sich auf und verschluckte es endgültig.

Das Dämonenportal wurde versiegelt und die Hexenkräfte waren endgültig vernichtet worden, so hoffte ich es jedenfalls.

>>Kirsten...<< flüsterte ich leise und versuchte hilflos meine Hand in ihre Richtung zu strecken, sie war nicht mehr zu sehen, einfach verschwunden.

Ich lag auf dem Rücken, die Kälte des Bodens fraß an mir wie eine Meute hungriger Wölfe. Die unzählbaren Sterne am Matt schwarzem Himmel funkelten in ihren prachtvollen Regenbogenfarben, der Mond war nicht mehr rund, dass beruhigte mich.

Noch einmal flüsterte ich den Namen meiner neuen Liebe... Kirsten...

Und die gnädige Ohnmacht erlosch abermals mein Licht.

XXX

*H*eller Lichtschein sickerte durch meine Augenlider.

Ich öffnete sie, was nicht ganz einfach war, hob ein Stück meinen Kopf und sah Kirsten rechts neben mir, halb auf einem Stuhl und halb auf meinem Krankenhausbett liegend. Sie schlief, und war strahlend schön... sie sah aus wie ein Engel, es fehlten nur noch die durchscheinenden Flügel, in ihrer Hand hielt sie Mariannes grünen Schal.

Ihr war also nichts geschehen, ein wohliges Gefühl breitete sich in mir aus und beruhigte mich. Gott sein Dank, sie war am leben und ich fiel in den nächsten Traum.

Als ich ein weiteres Mal erwachte, sah Kirsten mich an, ganz nah war sie bei mir, sie roch nach modrigem Wasser, erst jetzt erkannte ich dunkle schlammige Streifen in ihrem Haar. Meine Liebste musste nun gehen, zu lang war sie wohl bei mir am Krankenbett, wie lang, dass wusste ich nicht.

>>Mein lieber Chris... ich muss nun fort... die Dunkelheit ruft nach mir... ich werde dich nie vergessen, nie verlassen... das ist mein Versprechen... diese wundervolle Nacht... der Mond... diese Sehnsucht... wir sehen uns bald wieder...<< ihre Stimme klang traurig, ich war einfach zu müde, zu schwach um zu antworten, sie ging ohne sich umzusehen. Meine Kirsten, dass Licht, dass Zimmer verschwamm vor meinen Augen, meine Lider fielen herab, ich schlief wieder ein.

Ein paar Stunden später, dass Koma entließ mich gnädigerweise, erzählte mir mein behandelndem Arzt, der Chefarzt Prof. Dr. Burmeister wo, wie lang und warum ich hier lag. Medizinische Hochschule Hannover. Ich war wohl einen Tag lang bewusstlos. Mehrere stark geprellte Rippen, eine davon war angebrochen. Mehrere Flächendeckende Blutergüsse. Zwei Finger der linken Hand gebrochen.

Mein alter Schädel wurde ebenfalls sehr in Mitleidenschaft gezogen, stark ramponiert eben...

Jon Halldurson... meinen Kollegen, ihn vertröstete ich auf mindestens einen weiteren Tag, bevor ich zum Helfen in der Lage war.

Es klang sehr ernst was Jon mir in aller Eile am Telefon berichtete und so riet ich ihm, er solle vorsichtig weiter Recherchieren aber mit tiefgründigen Ermittlungen warten bis ich zur Verstärkung eintraf. Also würde ich mich morgen selbst entlassen, dass stand fest, egal wie es mir ging, egal wie viele Schmerzmittel ich benötigte, Jon brauchte mich...

Auch über den von mir ausgelösten Unfall habe ich später erfahren. Mein dunkelblauer Dienstwagen soll rechts in die Leitplanke der Autobahn gekracht sein, ist dabei zurück auf die Fahrbahn geschleudert worden und drei weitere PKW sind in die Unfallstelle gerauscht. Dabei wurde ein Mensch schwer und fünf weitere Menschen leicht verletzt.

Zum wiederholten Male leistete mein Chef immense Überstunden am Telefon ab, um Erklärungen zu präsentieren. Das würde er mir sicher Wochenlang und jeden verdammten Morgen aufs Butterbrot schmieren. Nicht jede Behörde ließ sich mit wenigen Worten abspeisen oder beruhigen. Dieser Fall schlug sehr hohe Wellen, doch wir schafften es Ruhe in die aufgewühlte „See" zu bringen.

Mein wertvoller Waffenkoffer wurde von den hiesigen Einsatzkräften unbeschädigt geborgen. Alle für mich so wichtigen Gegenstände waren vorhanden, niemand gelang es wohl den schwarzen Ledernen zu öffnen.

Zum Schluss blieb nur noch eine ein wenig makabere Angelegenheit zu regeln, die mir persönlich äußerst wichtig war.

Eine Taucher Spezialeinheit aus der Niedersächsischen Landeshauptstadt Hannover barg drei noch gut erhaltene Knochenskelette aus dem Klostersee, die umgehend, in aller Eile, und ohne Beteiligung eines Angehörigen auf dem Klosterfriedhof beigesetzt wurden. Verwandte sollten später benachrichtigt werden. Sie lagen nun friedlich und für den Rest aller Zeiten in geweihter Erde. Die Magie war gebannt, das Grauen vorüber, der Schrecken vorbei.

Was als Kurztrip zum Entspannen begann, endete im Chaos. Auch hier bestätigte sich wieder einmal, dass das Böse niemals schläft, man immer stets hellwach sein sollte um die Menschheit zu beschützen.

Dieses Mal bekam ich unerwartet eine überaus hübsche, irdische Hilfe.

Meine Kirsten... wie ein Engel.. ja, das war sie, ein Engel, ein süßer Schutzengel...

Was kam morgen auf mich zu? Das musste mindestens einen Tag warten. Langsam sank ich zurück auf das schneeweiße Kissen, schloss seufzend meine Augenlider und schlief, dass erste mal seit langer Zeit, wieder beruhigt und in guten Händen wissend ein.

XXX

Ende

Epilog:

In der folgenden Nacht residierte er wieder majestätisch hoch am funkelnden Sternenhimmel und vergoss sein kaltes, diamantenes Licht über den See und ist wohl der letzte stumme Zeuge der die Geschichte um Klara, Marie und Annie "niemals" vergessen wird...

 Der einsame...

Klostermond...

Intro: Teil 2

Eiskaltes, brackiges Wasser drückte sich in ihre Lungen. Sie zuckte, wand sich, strampelte, einfaches Luftholen, wurde zu einer unmöglichen Aufgabe... Schmerzen, so furchtbare Schmerzen... ein Name explodierte in ihrem Kopf.

Christoph Grant...

Lichtblitze erhellten das Wasser über ihr. Gab es Hoffnung?

Mit letzter Kraft stemmte sie sich gegen das Unumkehrbare, versuchte sich von der bleichen Knochen-Klaue zu befreien. Das Skelett schien zu Grinsen und hielt die blonde Frau erbarmungslos unter Wasser.

„Chris... wo bist du... bitte hilf mir doch..." das waren die letzten Gedanken der jungen Frau.

Die Horrorgestalt löste sich auf... zu spät...

Eingehüllt in einem kristallenen Eisnebel, und mit weit aufgerissenen Augen, sank sie langsam auf den Grund des Sees. Der moorige Boden streckte seine Arme gierig nach der blondhaarigen Frau aus, zog sie tief hinunter und verhüllte den leblosen Körper mit einer Schicht aus dunklem Schlamm.

Kirsten Gerber starb einen qualvollen Tod.

XXX

Quellenangabe.

Aus dem Buch:
Geschichten aus dem Kloster Loccum, von Horst Hirschler und Ernst Berneburg

Der Tag des Jubiläums war Freitag der 21 Juni 1963
(die Geschichte spielt hier im Herbst)

Der Klöppel der St. Petersglocke, zerschellte bei dem Geläut am Dreikönigstag des Jahres 2011.

Seite 17 : Twilight von Stephenie Meyer
Seite 49 : Quelle Wikipedia
Seite 133: Olympus Mons / der höchste Berg des Planeten Mars / 21,2 Km.

Die Namen der Opfer der Hexenverfolgung im Stiftsgebiet Loccum, zu ihren Gedenken:
Loccumer Hexenprozesse.
Im Stiftsgebiet Loccum wurden im 17. Jahrhundert ca. 33 Menschen in Hexenprozessen hingerichtet. Im Zuständigkeitsbereich des Klosters hatte es zwischen 1581 und 1661 insgesamt 54 belegte Verfahren wegen Hexerei gegeben. Von 28 Frauen und sechs Männern ist der Wohnort bekannt. Mit 15 Frauen und fünf Männern entfällt der Löwenanteil der Angeklagten auf Personen mit Wiedensahler Gemeindezugehörigkeit.
Die meisten Verurteilten wurden auf dem "Rosenbraken" verbrannt, einem Flurstück zwischen Klosterforst und Bundesstraße 441. In der Loccumer Überlieferung gilt der kleine Teich am Hang oberhalb von Bachteich und Fulde als sogenannter Hexenteich, an dem die Wasserproben vermeintlich stattfanden.

Loccum Namensliste der Opfer der Hexenverfolgung:
1581 Cathrin Spanuth, im Dezember hingerichtet, aus Wiedensahl
1628
Margarethe Wulfs aus Münchehagen
Magdalene bey der Koppeln aus Loccum
Gerke Barnewolds aus Loccum
Metke Rummelmanns
Anneke Türnau aus Münchehagen
Metke Vischers aus Wiedensahl
Elysabeth Nolten
Margarethe Brinckmans
Margarethe Schaperneisters
Aleken Strohmeyers Mann von Aleken Strohmeyer
Agnese, die Dolmetzersche
Aleke Kleuekers die alte Wilhelmesche
1631
Margarethe Denkers aus Wiedensahl
Ursula Botterbrodts aus Wiedensahl
Katherine Buers aus Wiedensahl
(Kloster A Loccum, XXIII C 2 10 1.Teil, Akte Denkers, Botterbrodt,
Buers, Todesurteile vom 15.10.1631)
1634
Anne Ernstings oder Botterbrodts
Gesche Vortmeier, genannt die große Gesche, aus Loccum
Bernd Höpners Ehefrau die Knoopesche
Grethen Dahlings
1638
Alheit Beckersche oder die Raselersche
Marie Schurnacher aus Münchehagen
Alheit von Haaren aus Wiedensahl
Kathrine Ernstings aus Wiedensahl
Gesche Hornemanns aus Loccum
Johann Seggebruch aus Wiedensahl
Diedrich Wilhelm Heerhorst aus Loccum
Salomons Hille aus Loccum
1660 1661
Heinrich Heimann aus Wiedensahl
Gesche Köllers [02. Juni 1660]
Quellenangabe Wikipedia

184

Die Zukunft liegt nun in unseren Händen,
ein süßes Bündel voller Hoffnung und Liebe...

Wache Nächte, die Augen schwarz gekleidet...
doch um sie lächeln zu sehen, werden wir „das"
überstehen...

Auf unserem Weg werden uns Menschen begegnen, die
nicht ertragen was wir haben...
Neid und Missgunst wird uns jagen...

Doch das eine kann uns niemand nehmen...
unser liebstes Glück...

wir werden zusammenstehen,
und das große Abenteuer wird weitergehen...

xxx